河出文庫
古典新訳コレクション

竹取物語

森見登美彦 訳

河出書房新社

目次

竹取物語

今となっては昔の話だが、かつて竹取の翁という者があった。毎日野山に分け入って竹を刈っては、さまざまなものをこしらえて暮らしを立てていた。その名を讃岐の造という。

ある日のこと、いつものように竹を刈っていると、根もとがボンヤリと光る竹を一本見つけた。不思議に思って近づいてみると、その光は竹筒の中から射している。覗いてみれば、背丈が三寸ほどの小さな人がちょこんと座っているのだった。

あまりの不思議に感無量となって、翁は思わず呟いた。

「朝夕見てまわる竹の中にいらっしゃるなんて、こうして出会ったのも何かの御縁。我が子になるべき運命の人にちがいない」

翁はその小さな人をそっと手のひらにのせて家へ持ち帰り、妻の媼(おうな)にまかせて養わせることにした。その人は可愛(かわい)らしいことこの上なく、あんまり小さいので竹の籠に入れて育てたほどである。

それからというもの、翁が竹を刈りに出かけると、節ごとに黄金の詰まった竹を見つけることがしばしばで、翁は次第に金持ちになっていった。

竹から見つけた子もすくすく育ち、三ヶ月も経(た)つ頃にはすっかり大人の女性の姿になったので、髪上げの儀式など念入りに行って、髪を結い上げて裳(も)を着せた。そうして一人前になった後も、几帳(きちょう)から外にも出さないようにして大切に養ったのである。

この子の容貌の美しさはこの世のものとも思われず、翁の屋敷は隅から隅まで明るい光に満ち溢(あふ)れているかのようだった。翁は身体(からだ)の具合が悪くて苦しいときも、この子の姿を見れば気分が晴れ晴れとした。腹の立つようなことがあったとしても、たちまち気が紛れてしまうのだった。

黄金の詰まった竹を取ることが久しく続くうちに、翁は近郷近在でも名だたる富豪となった。その身分にふさわしい立派な名を娘につけてやろうと考え、翁はわざわざ御室戸斎部の秋田という人物を招いて名をつけさせた。

秋田は「なよ竹のかぐや姫」と名付けた。

○

名の決まった祝いとして屋敷では三日間にわたる大宴会が催され、あらゆる管弦の遊びをした。男であれば誰彼かまわず招き集めて、たいへん賑やかな宴が続けられた。

かくして「かぐや姫はたいへん美しい」との評判が高まった。

噂を耳にした世の中の男たちは、身分の高い低いにかかわらず、なんとかしてこのかぐや姫を自分のものにしたい、妻にしたいと、心を乱したものだった。

屋敷の使用人でさえ姫の姿をやすやすとは見られないというのに、屋敷のまわりの垣根やら門の脇やら、あらゆるところに男たちが忍んできた。彼らは夜もうかうかと眠らず、たとえ月のない闇夜であろうとも気にせずセッセと通ってきては、垣根をほじくって屋敷を覗(のぞ)こうとし、そこらを這(は)いまわってうごうごするのだ。まったくあきれた騒ぎであって、このときから男が女に言い寄ることを「夜這い」、すなわち「よばい」と言うようになったのである。

その男たちは人が呆(あき)れるようなところにまで潜りこんだが、何の効き目もなさそうだった。屋敷で働く使用人たちに渡りをつけようとして声をかけてみるものの、けんもほろろで相手にしてくれない。こうして大勢の貴公子たちが屋敷のまわりをうろうろして夜を明かし、日がな一日をむなしく過ごした。そのうち、情熱の足りない人は、「あてもなく歩きまわるなんて意味ないよ」と呟いて来なくなった。

それでもなお食い下がっていたのは、色好みとして当代に名高い五人の男であった。彼らは決して挫(くじ)けることなく、夜でも昼でも通ってきた。石作皇子(いしつくりのみこ)、庫持皇子(くらもちのみこ)、右大臣阿倍御主人(うだいじんあべのみうし)、大納言大伴御行(だいなごんおおとものみゆき)、中納言石上麿足(ちゅうなごんいそのかみのまろたり)という面々である。

　この人たちときたら、わりと平凡な女性でさえ、少しでも「美人らしい」という噂を聞きつけると、とかくモノにしたがる人たちであったから、かぐや姫を手に入れたくて、食べ物もろくろく喉を通らないほど思いつめた。姫の屋敷まで出かけていって、ジッと立ち尽くしていたり、うろうろ歩きまわったりするのだが、そんなことでうまくいくわけがない。恋文を書いて送ったところで梨のつぶて、苦しい胸の内を歌に詠んで贈っても無駄であった。そんなことをしても意味がないと分かっていても矢も盾もたまらず、十一月十二月の雪が舞って氷の張るような日であろうが、六月の太陽がギラギラ照りつけて雷の激しく鳴る日であろうが、この人たちは休むことなく通ってきた。

　竹取の翁(おきな)を呼びだして、ひれ伏すように頼みこみ、手をすりあわせて「娘さんを私にください」と言うのだが、翁は「私がつくった子ではないので、思い通りにはならないのです」と返事をするばかりで、いたずらに月日は経っていく。

まったく埒（らち）が明かないので、この人たちは自分の屋敷へ帰ると、鬱々とふさぎこみ、神仏に祈って願をかけた。しかしかぐや姫への恋心は止（や）みそうもない。「そうはいっても死ぬまで結婚させないってことはあるまい」と思い、それだけが頼みの綱だった。もはや彼らはかぐや姫への恋心を隠そうともせず、あたかも見せびらかすかのようにして歩きまわるのだ。

こういう次第を見て、翁はかぐや姫に言った。

「愛（いと）しい子、かぐや姫や。あなたは竹から生まれた変化（へんげ）の人であるとは申しながら、こんなに大きくなるまで養ってさしあげた私の気持ちは生半可なものではありません。ひとつその気持ちを汲（く）んで、これから申し上げることに耳を傾けてくださいますか？」

「お父様の仰（おつしや）ることを聞かないなどということがありましょうか」とかぐや姫は答えた。「変化の者という身の上もわきまえず、本当の親と思ってお慕いしておりますのに」

「嬉（うれ）しいことを仰ってくださる」と翁は言った。「この私も爺（じい）さんになって、もう七十歳を越えましたよ。今日明日にも死んでしまうかもしれない。というわけで、話の本題ですがね、この世の人というものは、男は女と結婚というものをするし、女は男と結婚というものをするのです。そうしてこそ一門が栄えるというものなのですよ。だからあなたにも、いずれは結婚していただかなくてはなりません」

「でも私、なぜそんなことをするのか分かりません」

「いくら変化の人だとはいえ、あなたは女の身体を持っておられる。この優しい爺さんめが生きている間は、このように独り身でも平気でおられましょう。しかし、いずれそうはいかなくなるのです。私は老い先短いのですからね。だから、ああして長い間足繁く通ってくださっている人たちの仰ることをよく考えてみて、どなたかと結婚してください」

「私はたいして美しいというわけでもないし……その人がどれほど深く私のことを想ってくださるかもあやふやのまま結婚して、いずれ相手が浮気心でも見せだしたら、きっと後悔する。それを不安に思うだけです。たとえ立派なお相手でも、その愛情の深さを確かめなければ、とても結婚できません」

「まさに仰る通りのことを私も考えていたんですよ」と翁は膝を進めた。「それなら、どのような愛情をお持ちの方と結婚したいとお思いですか？　どなたも愛情の深さにかけては並大抵ではないと思いますけれども」

「何も難しいことを求めるわけではなくて、ほんのちょっとしたことです。愛情はどなたも同じぐらい深いでしょうから、どうしたって優劣はつけられません。だから五人のうちで、私が見たいと思っている品物を見せてくださる方がいらっしゃれば、その方の愛情が誰よりも勝っていると考えて、お仕えすることに決めましょう。このように皆様に申し上げていただけますか？」

「なるほど、それは良い考えだ」と翁は承知した。

○

日の暮れる頃、いつものように五人の求婚者たちは屋敷に集まった。

ある人は笛を吹き、ある人は歌をうたい、ある人は音楽を口ずさみ、ある人は口笛を吹き、ある人は扇をパタパタ鳴らしながら待っていた。

やがて翁（おきな）が求婚者の前に現れて申し上げる。

「畏れ多くも長い歳月、このようにむさ苦しいところへお通いいただきまして、まことに恐縮至極に存じます。私が『この爺（じい）さんの命は今日明日も分からないのだから、こうまで熱心に仰（おっしゃ）ってくださる皆様に、よく考えてお仕え申し上げなさい』と言って聞かせましたところ、『仰ることはもっともです。どなたの愛情にも優劣はございませんから、私が見たいと思う品物を見せてくださる方がいらっしゃれば、その愛情の深さもはっきりと分かるでしょう。どなたにお仕えするかは、その結果によって決めましょう』と言うのです。これは良い考えではございませんか。おたがいに恨みが残るということもないでしょう」

五人の求婚者たちも「それはいい」と言った。

翁は几帳（きちょう）の中に入って、かぐや姫にその旨を伝えた。

そうするとかぐや姫は、石作皇子（いしつくりのみこ）に対して「仏の御石（みいし）の鉢という品物があります。それを取ってきてください」と言う。また庫持皇子には「東の海に蓬莱という山があるそうです。そこに銀の根、金の茎、白玉の実をつける木があります。それを一枝折ってきてください」と言う。もう一人には「唐土にある火鼠の皮衣をください」、大伴大納言には「龍の頸に五色に光る玉があります。それを取ってきてください」、石上中納言には「燕の持つ子安貝を取ってきてください」と言うのであった。

「これはいくらなんでも難しそうな」と翁は言った。「この国にある品物でもないですし。こんな無理難題をどうやって皆さんに申し上げたものだろ」

「何が難しいものですか」

「やれやれ。ともかく申し上げてみますよ」

翁はふたたび求婚者たちの前へ出ていった。

そして翁が「かぐや姫はこのように申しております。これらの品物をお見せください」と言うと、その途方もない無理難題に、皇子と公卿たちはウンザリして、「いっそ単刀直入に『もう来るな』と仰ればいいのに！」と言って帰ってしまった。

とはいうものの石作皇子は、かぐや姫と結婚できないなら生きていることもできないような気持ちであったから、「たとえ天竺（てんじく）にある品であっても、なんとか持ってきてみせよう」と、あれこれ思いをめぐらした。しかし彼は計算高い人でもあったので、天竺にさえ二つとないという仏の鉢というものを、百千万里を越えて求めに出かけたところで、どうせ手に入れられるわけがないとも思ったのである。

そこで石作皇子はかぐや姫のもとへ「仏の御石の鉢を手に入れるため、本日より天竺へ出立いたします」と知らせておき、三年ほど後になってから、大和の国は十市（とおち）の郡（こおり）にある山寺の賓頭盧（びんずる）という像の前に供えられていた鉢を取ってきた。その煤（すす）がこびりついて真っ黒になった鉢を錦の袋に入れると、造花の枝を結びつけ、かぐや姫の屋敷まで持ってきた。

かぐや姫があやしく思って覗（のぞ）いてみれば、鉢の中に手紙が入っている。

その手紙を広げてみると、次のような歌が書かれていた。

海山（うみやま）の道に心をつくしはてないしのはちの涙ながれき

石の鉢を求め海を渡って山を越え
果てしない旅に精も魂も尽き果てた
あなたのために私は血の涙を流したんだからね

仏の御石の鉢は光を発するというから、かぐや姫は「どこか光っているかしらん?」とよくよく見てみたものの、蛍ほどの光さえない。
これは贋物（にせもの）だと勘づいて、かぐや姫は次のような歌を返した。

置く露の光をだにもやどさまし小倉（をぐら）の山にて何もとめけむ

つらい長旅で涙を流したと言うのなら

どうしてこの鉢には涙の露ぐらいの光もないの
薄暗い小倉の山奥でいったい何を拾ってきたものやら

たくらみを見抜かれてしまった石作皇子は、その鉢を屋敷の門の脇にポイと捨て、先の歌への返事をかぐや姫に贈った。

白山(しらやま)にあへば光の失(う)するかとはちを捨てても頼まるるかな

あなたの美貌が白山のように眩(まぶ)しくて
仏の鉢の光もかき消されたのではないかな
あの鉢を捨てた今でもそう思ってみたりなんかして

そのずうずうしさにかぐや姫は呆れ、もはや返事もしなかった。石作皇子はしつこくぷつぷつ言い寄ったものの、姫は聞く耳持たないので、ついに諦めて帰ってしまった。

贋物の仏の鉢を門の脇に捨てた後になってさえ、しつこく言い寄ったのはじつに厚かましいことであって、この皇子の振る舞いから、厚かましいことを「鉢を捨てる」、すなわち「恥を捨てる」と言うようになったのである。

○

庫持皇子（くらもちのみこ）は策略家であったので、朝廷には「筑紫（つくし）の国へ湯治に行って参ります」と休暇を申し出る一方で、かぐや姫の屋敷には「蓬萊（ほうらい）の玉の枝を取りに行って参ります」と使いをやって知らせておいた。

船で九州へ下るということなので、皇子にお仕えしている家来（けらい）たちは、みんな難波（なにわ）の港まで見送りに出かけた。皇子は「仰々しいのはいやだから」と言い、大勢の家来を伴うこともなく、ごく少数のおそばに仕える者だけを連れて旅立った。家来たちは難波から都へ引き返してきた。

こうして「お出かけになられた」と世間に見えるようにしておいたうえで、三日ほど経ってから、皇子は船でこっそりと戻ってきた。

かねてから計画はすべて命じておいたので、さっそく当代の素晴らしく腕の良い鍛冶工匠(たくみ)たち六人を召し集め、やすやすとは人が近寄ることもできない工房を建造した。秘密が漏れないように三重に取り囲んだ竈(かまど)に工匠たちを入らせ、皇子みずからも籠ったうえで、十六箇所の領地から上がる収益の一切、お屋敷の蔵がすっからかんになるほど注ぎこんで、贋物(にせもの)の「蓬萊の玉の枝」を作りだしたのである。

かくして、かぐや姫が言ったものと寸分違(たが)わぬものを用意すると、たいへんうまく策略をめぐらして、その玉の枝をひそかに難波へ持ちだした。

「船に乗って帰ってきたぞ」

そう自分の御殿に知らせておき、皇子がいかにも疲労困憊(ひろうこんぱい)した風をよそおって待っていると、迎えの家来たちが大勢参上した。そして彼らは玉の枝を長櫃(ながびつ)に入れ、覆いをかけて難波から都へ持ち帰ったのだが、いつの間に噂(うわさ)が広まったものであろう、「庫持皇子は優曇華（うどんげ）の花を持って上京なさったぞ」と世間は大騒ぎである。かぐや姫はこの噂を耳にして、「きっと私はこの皇子に負けてしまう」と、胸が潰れるような思いをしていた。

そうこうしているうちに皇子の従者が門を叩（たた）き、「庫持皇子がいらっしゃいました。なんと旅装束のままでおられますよ」と言うので、竹取の翁（おきな）が面会した。

「命がけであの玉の枝を持ってきましたと、かぐや姫にお見せください」

と、皇子が言うので、翁は玉の枝を受け取って奥へ入った。

その玉の枝には次のような手紙が添えられていた。

いたづらに身はなしつとも玉の枝（え）を手折らでさらに帰らざらまし

たとえこの身がむなしくなろうとも
あなたのために玉の枝を手折らぬうちは

決してこの国へ帰ってくるつもりはなかったのさ

その玉の枝にしても皇子の手紙にしても、かぐや姫は冷ややかな目で見ているばかりだが、翁はすっかり興奮して、姫のところへ駆けこんできて言う。

「ほらほら、あなたが皇子に申し上げなさった、蓬萊の玉の枝そのものですよ。まさに寸分違わぬものを持っていらっしゃったのですから、何をとやかく言えますか。しかも旅装束のまま、ご自分のお屋敷に立ち寄られることもなく、駆けつけていらっしゃったというのだから。さあさあ、この皇子と結婚をお決めください」

かぐや姫は物も言わなかった。ひどく嘆かわしそうな顔をして頰杖(ほおづえ)をつき、すっかりふさぎこんでいる。その一方で庫持皇子は、「もう言い逃れは通用しないよ」と言いながら、いそいそと縁側に這い上がってきた。

そんな皇子の振る舞いも当然のことだと翁は思った。

「この国では見れっこない玉の枝ですよ。今度こそはどうしてお断り申せましようか。ほら、人柄もステキな御方でいらっしゃるし」

「……だって、親の仰ることを断ってばかりなのが気の毒だったんだもの」

だからこそ無茶な条件を出したというのに、手に入れるのは到底無理だと思われた品を意外にも持って来られて、かぐや姫はじつにいまいましいと思っているのだ。そんな彼女の胸の内も知らず、翁はいそいそと閨の支度などをしている。

「いったいどのようなところに、この木はございましたか。いやはや、じつに不思議で麗しく、みごとな枝ですなあ」

翁が言うと、皇子は次のように答えた。

「一昨々年の二月の十日頃に難波から船に乗りこんで、海の真ん中へ漕ぎ出しましたが、向かうべき方角も見当がつきません。しかしながら、自分が心に決めたことを成し遂げることもできないのでは生きていたってしょうがないと思いましたから、風にまかせて航海を続けました。命が尽きることになればどうしたものか、いやいや、生きているかぎりこのように航海を続けていれば、必ずや蓬莱という山に巡り会うだろうと腹をくって船を進め、この国の近海を離れたのであります。

海が荒れに荒れて船が水底に沈みそうになることもしばしば、あるときは異国に吹き寄せられて鬼のような怪物に喰い殺されそうになる。方角を見失って海の藻屑となりかけたこともあり、食料が尽きて草の根を齧って飢えをしのいだこともあります。海の底から現れた言いようもなく気味の悪い怪物に襲われたこともあり、あるときは海の貝なんぞを食べて命をつないだものです。あてもない旅の空の下、助けてくださるような人もいないところで、いろいろな病気にはかかるし、進むべき方角さえ分からないのだから、まったくたいへんな冒険でありましたよ。

そして船の進むにまかせて海に漂い五百日も過ぎたであろうという日の朝のこと、海上にかすかな山の姿が見えたのです。舵を操作して近づいてみると、その海上に漂う山はたいへんな大きさでした。山頂は高く、その姿も美しい。

これぞ私が探し求めてきた山であろうと思いましたが、やはり恐ろしく思われたものですから、山のまわりを漕ぎまわらせるようにして、二、三日ほど船を走らせて様子を見ていますと、天女の服装をした女が山中から姿を見せて、銀(しらがね)の椀(わん)を持って水を汲み歩いているのです。これを見た私は船から下りて、『この山の名は何と申しますか』と問いました。すると女が答えるには、『これは蓬萊の山です』というのです。これを聞いて、どれほど嬉(うれ)しかったことでしょうか。『そのように仰るあなたはどなたですか?』と問うてみたのですが、その女は『我が名はウカンルリ』と言っただけで、すうっと山へ入ってしまいました。

さてその蓬萊の山ですが、どこから眺めても、まったく登れそうにもないのです。切り立つ崖の下をめぐって歩いていきますと、この世で見たこともない花々を咲かせた木々が立ちならび、山肌からは黄金、白銀、瑠璃(るり)色の水が流れ出ております。その流れにはさまざまな色の玉でこしらえた橋が渡してありましたが、その橋のあたりに光り輝く木立がありました。その枝の中でも、こうして取って参りましたものは見栄えのしないものではあるのですが、万が一かぐや姫の仰ったものと違っていてはいけないと思い、寸分違わぬこの花を折って持参することにしたわけです。

蓬萊の山は光り輝くほど素晴らしいところで、比類を絶したところでしたが、この枝を折ってしまえば、まったく落ち着いていられません。そそくさと船に乗って追い風を受け、四百日あまりの日数をかけて帰ってきました。こうして生きて帰れましたのも神仏の御加護があったればこそ。難波の港からは昨日都へ帰ったばかりで、いやまったく、潮に濡(ぬ)れた衣服も着の身着のまま、こうして参上した次第でございますよ」

皇子がこのように冒険譚(たん)を語ると、翁は驚嘆の溜息(ためいき)をついて詠んだ。

くれたけのよよのたけとり野山にもさやはわびしきふしをのみ見し

野山に分け入って長い歳月

竹を取って暮らしてきた私でさえ

あなたほど苦しい思いをしたことはない

これを聞き、皇子は「この長い年月に舐めた辛酸が報われたというものです」と、次の歌を詠んだ。

我が袂今日かわければわびしさの千種の数も忘られぬべし

潮と涙に濡れた袂も今は乾いた
長い旅路で味わった艱難辛苦の数々も
いずれ自然と忘れてしまうことでありましょう

さて、こうしていると、ふいに男たちが六人連れだって庭へ姿を見せた。
一人の男が文挟みに文を挟んで申し上げるには――
「内匠寮の工匠、漢部内麻呂が申し上げます。蓬萊の玉の枝をお作り申し上げるため、我らは五穀断ちをして、千日あまりもの間、粉骨砕身の努力を重ねました。これはまことに並大抵の労苦ではございません。しかるに、今もって褒美をいただいていないのです。早く褒美をいただいて、貧しい弟子たちに分け与えてやりたいと存じます」

こう言って、内麻呂と名乗る男は文を捧げている。

竹取の翁は「この工匠たちが言うのは何のことだろう」と首を傾げているが、庫持皇子は落ち着きを失い、すっかり胆を潰した様子であった。

かぐや姫は男たちの訴えを聞き、「その男たちの文を取れ」と命じた。

その文を見たところ、次のように書かれているではないか。

「庫持皇子におかれましては、千日もの間、卑しき工匠らと一緒に同じところに隠れておいでになり、立派な蓬萊の玉の枝を造らせなさり、いずれ完成すれば官職も授けようとたしかに仰いました。そもそも蓬萊の玉の枝といえば、ご側室でいらっしゃるはずのかぐや姫様ご所望の品であったと拝察いたしまして、庫持皇子から褒美をいただけないのであれば、こちらのお屋敷よりいただきたいと考えた次第でございます」

男たちが当然のように「褒美をいただきたい」と口にするのを聞くと、皇子と契りを交わす夜が近づくにつれて鬱々としていた気持ちも今は吹き飛び、かぐや姫は晴れやかに笑いながら翁を呼び寄せて言った。

「あらあら、本物の蓬莱の玉の枝かしらと思いましたのに……。ひどい嘘だと分かったのですから、さっさとお返しになってくださいな」

翁は頷いて言った。

「皇子が工匠に命じて造らせた贋物だというのは、私もこの耳でしっかりと聞きました。お返しするのは簡単なことですよ」

かぐや姫は心がすっかり晴れ晴れとして、返す玉の枝に歌をつけた。

まことかと聞きて見つれば言の葉をかざれる玉の枝にぞありける

黄金の葉をつけた本物と思い

あなたの物語をうかがってみたのに
言の葉で飾っただけの玉の枝だったなんて

竹取の翁は、先ほどはあのように皇子とおおいに語らったことが、さすがに気まずく思われて、照れ隠しに目をつぶったまま身動きもしない。皇子は恥ずかしさに居ても立ってもいられず、まったく身の置きどころがなさそうであった。すっかり日が暮れてしまうと、皇子は夜陰に紛れて屋敷を抜けだしてしまった。


かぐや姫は、愁訴(しゅうそ)をした工匠たちを呼んでひかえさせ、「本当に嬉しい人たちだわ」と言い、褒美をたっぷり与えたので、工匠らはたいそう喜び、

「そらみろ、思った通りになったろう!」

と言って、意気揚々と帰路についたのだが、怒り心頭に発した庫持皇子が待ち伏せして工匠たちを捕まえさせ、血だらけになるまで殴らせた。かぐや姫から褒美をもらった甲斐(かい)もなく、皇子がすべて取り上げて捨てさせたので、工匠

たちはちりぢりになって逃げ失せてしまった。

庫持皇子は「我が人生最大の恥辱だ。あの女を我がものにできなかったばかりか、世間の人が私を見てあれこれ考えるだろうと思うと、恥ずかしくて耐えられない」と言い、ただおひとりで深い山へ入ってしまった。屋敷の執事や身のまわりでお仕えしている人々が、みなで手分けして行方を捜したのだが、ひょっとして亡くなってしまったのか、行方は知れなかった。皇子はまわりの人から身を隠そうとして、とうとうそれきり姿を消してしまったのだった。

玉の枝がきっかけで皇子は魂が抜けたごとく世を離れてしまったことから、そのようになることを「玉離(さか)る」、すなわち「たまさかる」と言うようになったのである。

○

右大臣阿倍御主人(うだいじんあべみうし)はたいへんな金満家で、その一門もおおいに栄えている人物であった。彼は、その年に唐土から渡ってきた船に乗っていた王慶という人のもとへ手紙をやることにし、「火鼠の皮という物を買って届けてください」としたためて、家来のうち頼りになる小野房守という人物に手紙を託して派遣した。

小野房守は海を渡って唐土に至り、王慶に金を受け取らせた。

王慶は右大臣からの手紙を読み、次のように返事を書いた。

「火鼠の皮衣は、この唐土にもない品物でございます。噂には聞いたことがありますが、いまだに私も見たことがありません。しかしながら、この世にたしかにあるものならば、誰かがこの国へ持って参ることもあるでしょう。たいへん難しい交易ではありますが、もし天竺にたまたま渡来しているようなことがあれば、その土地の長者に渡りをつけるなり何なりして手に入れましょう。もしこの世にないものであれば、そのときは使者に託して費用はお返しいたします」とのことであった。

時が経ち、やがて唐船が海を渡ってきた。

小野房守が唐土から帰国して都へのぼるという知らせを聞き、右大臣が俊足の馬を走らせて迎えをやると、小野房守はその馬にまたがって筑紫(つくし)からわずか七日で都まで帰ってきた。

王慶からの手紙には次のようにあった。

「火鼠の皮衣、なんとか人を遣(や)って手に入れましたので、お届けいたします。今の世にも昔の世にも、この皮は容易には手に入れ難いものであったそうです。その昔、偉大な天竺の聖人がこの唐土に持ちこんだものが西方の山寺にあると聞き及びまして、朝廷に働きかけて、なんとか買い取ることができました。朝廷の役人が購入費用が足りないと申しましたので、私が立て替えておきました。追加分として、金五十両をいただきます。唐土に帰る船に託してお送りいただけますでしょうか。もし費用がいただけないのであれば、火鼠の皮衣はお返しください」

こう書いてあるのを見て右大臣は、

「何を仰(おっしゃ)る。ほんのちょっぴりの費用じゃないか、そんなの何ということはない。よくぞ見つけて送ってくれたものだよ、ありがたや、ありがたや」

と、唐土の方角に向かって伏し拝んだのである。

この皮衣をおさめた箱を見れば、さまざまの美しい瑠璃（るり）を彩色してこしらえた手のこんだものであった。そして肝心の皮衣は美しい紺青（こんじょう）色で、毛の末は金色に輝いている。まさしく宝物であって、その美しさはたぐいがない。火に焼けないということよりも、まずその清らかな美しさが、何にも増して素晴らしいのである。

「ははーん。さすが、かぐや姫が欲しがられるだけのことはあるなあ」

右大臣はそう言うと、「ああ、畏れ多い畏れ多い」と元通りに箱にしまって、何かの木の枝につけ、自身の化粧も入念に済ませた。そのままかぐや姫と一夜をともにすることになるだろうと思いこみ、歌を詠んで木の枝につけたうえで、かぐや姫の屋敷へ持ってきた。その歌は次のようなものであった。


かぎりなき思ひに焼けぬ皮衣袂（かはごろもたもと）かわきて今日（けふ）こそは着（き）め

僕の身を焦がすアツアツの恋心にも
この火鼠の皮衣は焼けたりなんかしないのさ
君と結ばれる今日は袂を涙で濡らすこともないしね

さて、右大臣はかぐや姫の屋敷の門まで来て待った。竹取の翁(おきな)は迎えに出て、皮衣を受け取ると、中に入ってかぐや姫に見せた。

かぐや姫は皮衣を見て言う。

「立派な皮のようですね。でも、これが本物かどうかは分からないでしょ」

「何はともあれ、まずは右大臣を招き入れてさしあげましょうよ」と翁は言った。「この世では見られない皮衣のようですから、これを本物と思ってくださいな。あまり悩ませるようなことをしては気の毒だから」

そうして翁は右大臣を招き入れて座っていただいた。

このように右大臣を招き入れた上は、今度こそ結婚することになるだろうと、嫗（おうな）も翁と同じように胸の内で思っていた。竹取の翁はかぐや姫が独り身であることを嘆かわしいことだと思い、ふさわしい人と結婚させようと思いめぐらしているのだが、どうしても姫が「イヤ」と言うので、無理強いすることができずにいた。彼らが右大臣との結婚を期待したのも当然のことである。

すると、かぐや姫が翁に言った。

「この皮衣を火にくべても焼けなければ、本物であると信じて、あの人の言葉に従いましょう。『本物であると信じなさい』と仰いますけれど、それでもやはり、私はこれを火にくべて試してみたいの」

「そう仰るのも無理はありませんね」

翁が「かぐや姫はこのように申しています」と伝えると、右大臣は答えた。

「この皮衣は唐土にもなかったものを、大枚をはたいて、やっと手に入れたものなんですよ。それを疑われるなんてじつに心外だな」

「そうは言いましても、とにかく早く焼いてみてごらんください」

そういうわけで、右大臣がしぶしぶ家来に命じて皮衣を火にくべさせると、なんとメラメラ燃えてしまった。

「ということは、贋物だったというわけですな」と翁は言った。

右大臣は燃え上がる皮衣を見つめたまま、草の葉のように青い顔をして座っていた。その一方、かぐや姫は「ああ、よかった」と喜んでいる。

かぐや姫は、右大臣への返事を箱に入れて返した。

名残りなく燃ゆと知りせば皮衣思ひのほかにおきて見ましを

さっぱり燃えると知っていたら
皮衣を火にくべてなんて言わなかったわ
それならそれで眺めるだけにしておきましたのに

世間の人々が、「阿倍の大臣は、火鼠の皮衣を持っていらっしゃって、かぐや姫と結婚なさるというではないか。こちらの屋敷においでになるか」と問うと、かぐや姫の屋敷に仕えている人が答えるには、「皮を火にくべてみたら、メラメラと焼けてしまったので、かぐや姫は結婚されませんでした。ですからこちらに阿倍の大臣はおられません」と言う。

このやりとりを聞いてから、世間では思いを遂げることができず失敗することを、「阿倍なし」、すなわち「あへなし」と言うようになったのである。

○

大伴御行大納言（おおとものみゆきだいなごん）は、自分の屋敷に仕える家来をすべて集めた。

「龍の頸（くび）に五色の光を放つ玉があるという。それを手に入れて俺様に献上する者があれば、その願いをなんでも叶（かな）えてやる」

大納言がそう言うのを聞き、家来たちは口々に申し上げた。

「大納言様のご命令とあれば、それはもう絶対でございます。しかしながら、この玉はただでさえ容易には見つからぬものです。ましてや恐ろしい龍の頸にあるというものを、いったいどうして取れましょう」

　これを聞いて大納言が言うには――

「主君の使いという者は、たとえその命を投げ捨てても、主君の命令に従うべきものだぞ。天竺や唐土にあるというならいざ知らず、この五色の玉は他でもないこの国にある。龍というやつはこの国の海や山から、天に昇ったり降りたりするのだからな。それなのにおまえたちは何を思って難しいなんぞと言うか」

　そこで家来たちは平伏して申し上げた。

「ご命令とあれば、やむを得ません。たとえ手に入れにくいものであろうとも、仰せの通りに探し求めて参ります」

　これを聞いた大納言は機嫌を直して、「おまえたちは俺様の家来として世間に知られているのだからな。俺様の命令は絶対なのだ」と言い、龍の頸の玉を手に入れるべく、家来たちを出発させることにした。道中の食料に加えて、屋敷の絹や綿や銭などをありったけ取り出してきて、家来たちに持たせてやった。

「おまえたちが帰るまで、俺様は斎戒沐浴して待つ。龍の頸の玉を手に入れないかぎりは、決してこの屋敷へ戻ってくるなよ」

こうして家来たちは、命令に従って出立した。

龍の頸の玉を取らなければ帰ってくるなと命じられたからにはどうしようもない。「どこへなりとも足の向いた方へ行くか」「大納言様の物好きには呆れるよ」と家来たちは口々に不平を言い合いつつ、もらった品を分け合い、ある者は自分の家に引きこもり、ある者は自分の行きたいところへ行く。まったく無茶な命令だから、「たとえ親や主君といえど、こんな命令に従ってられるか」と大納言を誹り合うばかりなのだった。

そんなことは知らない大納言は、

「かぐや姫を妻に迎えるとなると、この屋敷も今のままでは見苦しいぞ」

と、立派な建物を新築することにした。

漆を塗って蒔絵で壁を作り、屋根は糸を染めてさまざまな色に葺かせる。屋敷の中のしつらいは、えも言われぬ美しい綾織物に絵を描かせ、柱と柱の間に張ることにした。そうして以前からの妻たちとは別居し、かぐや姫と必ずや結婚しようと準備万端整えて、ひとりで暮らしていたのである。

ところが大納言が夜も昼も待っているというのに、派遣した家来たちは翌年になっても何の知らせもよこさない。やがて大納言は待ち遠しくなって、ただ二人の舎人（とねり）を召し使いとして連れ、身をやつしてこっそりと難波（なにわ）の港へ出かけてみた。

「大伴大納言の屋敷の者が船に乗り、龍を殺してその頸の玉を取ったという噂（うわさ）を聞いていないか?」と舎人に問わせてみると、そこらの船人（ふなびと）は「妙なことを言いやがる」と笑って、「そんな馬鹿げたことをする船があるもんか」などと言う。大納言はこれを聞いて、「わからんちんの船人め。何も知らんくせにあんなことを言う」と思った。

「俺様の弓の力をもってすれば龍なんぞイチコロだぞ。サッと射殺して頸の玉を取ってやる。もうノロマな家来どもを待ってるのにはうんざりだ」

大納言はそう仰（おつしや）ると、みずから船に乗りこんで、あちこちの海を航海するうちに、はるばる筑紫の方の海にまで漕ぎ出した。

　ところがどうしたことであろう、疾風が海上を吹き渡ると、一天にわかにかき曇り、船は暴風に吹きまくられ始めた。猛烈な風が船をもみくちゃに吹きまわして方角も分からない。次々とうちかかる大浪が船を海中へ引きずりこもうとし、頭上にひらめく雷は今にも落ちてきそうであった。

　こうなると大納言はすっかり取り乱して、「こんなひどい目にあうのは生まれて初めて。これから俺はどうなるの」と喚く。

「長い間あちこち航海してきたが、こんなに苦しい目にあったことはありません」と船頭は言った。「たとえ沈没しないにしても、いずれ雷が落ちて木っ端微塵。万が一神様のお助けがあったところで、遠い南の海へ流されちまうでしょうよ。嗚呼、しょうもない主人にお仕えしたばかりに、しょうもない死に方をする！」

　そうして泣きだす船頭に対して、大納言は船板に青反吐を吐きつつ言う。

「船に乗るとなれば、船頭の言うことを立派な山を見上げるように頼みにするものなんだぞ。それなのに、おまえがそんな頼りないことでどうするの」

「こちとら神様でもなんでもないので、こうなっては何もしてさしあげられませんや」と船頭は答えた。「暴風に大浪ときて、そのうえ雷まで落ちてきそうなのは、あなた様が龍を殺そうなんてトンデモナイことを求めたからだ。この疾風も龍が吹かせているに決まってる。さあ、はやく神様に祈って、許しを乞うてください！」

大納言は「祈るよ祈るよ」と仰り、誓願の言葉を唱えるのだった。

「船乗りの神様よ、お聞きください。私は畏れ多くも龍を殺してやろうなどと思いました。なんと私は愚か者で幼稚であったことか！　お約束いたします、今後は龍の毛一筋だに動かしたてまつることはありません！」

そうして立ったり座ったり、涙ながらに神様に呼びかけること千度ばかり、その願いが聞き届けられたのであろうか、ようやくのことで雷鳴がおさまった。

それでもなお空は少し光って、風は強く吹いている。

「やはり龍のしわざだったんだな」と船頭は言った。「今は良い風が吹いてる。

こいつは悪くない。良い方角へまっすぐに吹く風らしい」

しかし大納言は生きた心地もなく、聞く耳を持たなかった。
三、四日というもの順風が吹き、船を陸地へ吹き寄せた。その浜を見れば、播磨(はりま)の明石(あかし)の浜なのであった。取り乱している大納言にはそれが分からず、南海の孤島にでも吹き寄せられたのであろうかと思い、荒い息をついて臥(ふ)せったままである。
やがて同船していた家来たちが国府(こくふ)に告げ、国司が見舞いにやってきても、大納言は起き上がることもできず、船底に横たわっていた。

家来たちは松原に御筵(おんむしろ)を敷いて、大納言を船から降ろしてさしあげた。

そのときになってようやく大納言は、「どうやら南海の孤島ではないらしい」と納得し、やっとのことで起き上がったのだが、その姿を見れば、ひどい病気にかかった人のように妙ちくりんであった。腹がぽっこりと膨れ上がり、両目の下にはまるでスモモを二つぶら下げたようになっている。大納言の姿を見て、迎えに出た国司もにやにやしていた。

大納言は国府に命じて、小さな輿(こし)を作らせると、ひいひい呻(うめ)きながら担がれて、やっとのことで都の屋敷へ帰りついた。これをどこで聞いたものであろう、かつて龍の頸の玉を取るべく遣わした家来たちが、今さらノコノコ参上してきた。

「龍の頸の玉を取ることができませんでしたので、今までお屋敷に参上することができませんでした。玉を手に入れることがどれほど難しいことか、今では大納言様もよくお分かりになり、罰せられることもあるまいと思って参上したのです」と言う。

大納言は起き上がって、家来たちに言った。

「おまえたち！　よくぞ龍の頸の玉を持ってこなかった。龍というのは雷神(らいじん)のたぐいであったのだろう、その玉を取ろうとして大勢の人間が殺されそうになったのだ。危ない、危ない。ましてや龍を捕まえたりなんかしてみろ、わけもなく俺は殺されていた。危ない、危ない。おまえたち、よくぞ龍を捕まえないでいてくれた。かぐや姫とかいう大悪党め、我々を殺そうとしやがった。今後あの屋敷のあたりは決して通るまい。おまえたちも近寄るんじゃないぞ」

　こうして大納言は、屋敷に少し残っていた財産なども、「龍の頸の玉を取らなかった褒美」として、家来たちにすべて与えた。この顚末(てんまつ)を聞いて、離縁された元の奥方は腹がよじれるほど笑ったという。そして、かぐや姫を迎えるために、わざわざ色鮮やかな糸で葺かせた新居は、鳶(とび)や烏(からす)が巣を作るために食い散らして見る影もなくなってしまった。

　世間の人が言うには——

「大伴大納言は龍の頸の玉を取っていらっしゃったのかい？」

「いや。そのかわり両方の目の下に、スモモみたいな玉をつけていらっしゃったよ」

「そのスモモは……いくらなんでも食べがたい」

　こんなやりとりから、常識はずれなことを「食べがたい」、そこから転じて「たえがたい」と言うようになったのである。

○

中納言石上麿足が屋敷に仕える男たちに言った。

「燕が巣を作るのを見たら、私に知らせなさい」

家来たちは「何のためでしょうか？」と申し上げた。すると中納言が言うには、「燕の持っている子安貝を手に入れるためさ」とのことである。

そこで家来たちはさらに申し上げた。

「たくさんの燕を殺してみても、腹から貝が出てきたことはありません。子を生むときには、どうやって出すものか、いつの間にかそばにあるそうですが……」

するとまた別の者がこんなことを言った。

「大炊寮の飯を炊く建物がございますが、その束柱の穴ごとに燕が巣くっています。あそこへ気が利く忠実な家来を連れておいでになり、足場を組んで柱の穴を覗(のぞ)かせてみれば、たくさんの燕が子を生んでいるにちがいありません。そうやって子安貝を取らせてはいかがですか？」

中納言はこれを聞いて、おおいに喜んだ。

「じつに面白い。そんなこと私はちっとも知らなかった。興味深いことを教えてくれたね」

中納言は忠実な家来たちを二十人ほど大炊寮へ派遣して、高く組んだ足場に登らせ、燕の巣を見張らせることにした。

そして屋敷からひっきりなしに使いを送っては、「取ったかい？ 取ったかい？」と問い合わせるのだが、大勢の家来が足場に登って待ち受けているのを燕たちは怖がって、そもそも柱の巣に戻ってこないのである。これではお話にならない。そのような知らせを家来たちから聞かされ、中納言は「こいつは一筋縄ではいかないな」と悩んでいた。

すると中納言の御前に、大炊寮の役人である倉津麻呂(くらつまろ)という翁(おきな)が参上し、

「子安貝を取ろうとお考えなら、一つ上手(うま)い方法をお教えいたしましょう」

と申し上げたので、中納言はじきじきに面会することにした。

倉津麻呂が申し上げるには——

「燕の子安貝を取ろうというのに、今のやり方はじつにまずい。このままでは決してお取りになれますまい。足場に登って二十人もの人間がうじゃうじゃしているのですから、燕が怖がって巣に近づかないのは当然でございます。ではどうするべきかと申しますと、この足場をそっくり壊して、ご家来衆もみんな退け、選りすぐりの家来をたった一人だけ残すのです。その人間を荒籠に乗せて座らせ、吊り上げる綱を支度しておく。そうして燕が子を生みそうになった時をねらって、綱を引いて籠を吊り上げ、サッと子安貝を取らせるわけです。これでばっちりでしょう」

中納言は、「なるほどなあ、そいつは上手い方法だよ」と言った。

大炊寮に作った足場はすっかり壊されて、家来たちは屋敷へ引き上げてきた。

中納言が倉津麻呂に言う。

「引っ張り上げる瞬間を見極めるにはどうすればいい？」

「燕が子を生もうとするときは」と倉津麻呂は申し上げる。「尾をさしあげて七回まわってから生み落とすと申します。ですから、燕が巣の中で七回まわるときを見極めて、籠を引き上げ、その瞬間に子安貝をお取らせください」

これを聞いた中納言は、もはや子安貝を取ったも同然だと有頂天になり、ごく少数の家来だけに行先を告げて、ひそかに大炊寮へ出かけていった。そして家来たちに立ち交じって、夜昼かまわずに子安貝を取る機会を狙わせるのだった。

中納言は倉津麻呂の進言をいたく喜び、「屋敷に仕えている人間でもないのに、親身になって私の願いを叶えてくれるなんて嬉(うれ)しいかぎりだよ」と、自分の着ている衣を褒美として与えた。そして「夜になった頃に、もう一度この大炊寮へ参上しなさい」と言って倉津麻呂を帰した。

さて日が暮れたので、中納言が大炊寮へ出かけて柱を見ると、たしかに燕が巣を作っていた。倉津麻呂が申し上げたように、燕が尾を浮かせてまわった瞬間、すかさず荒籠に家来を乗せて吊り上げさせ、巣の中に手を差し入れて探らせてみた。

ところが家来は「何もありません」と言う。

中納言は「調べ方が悪いんだってば！」と腹を立てた。「ホントに使えないやつばっかりなんだから。いいよもう、私がじきじきに登って調べてやる！」

そして中納言が籠に乗って吊り上げさせ、燕の巣を覗いてみると、まさに燕が尾を立ててクルクルまわっているところである。その瞬間を狙って手を伸ばし、探ってみれば、手のひらに平べったいものが触れたではないか。

「うひゃあ、何か摑んだぞ。おろせ！　おろせ！　倉津麻呂よ、遂にやったぞ！」

中納言がそう言うので、家来たちが急いで下ろそうともがもがしているうち、引っ張り過ぎて綱がぷつんと切れ、中納言は仰向けに転がり落ちた。そこは竈の神を祀ってある「八島の鼎」の上だった。家来たちは狼狽し、駆け寄って抱き起こしてさしあげたが、中納言は気を失って白目を剝いている。水をすくって飲ませてさしあげたところ、なんとか息を吹き返したので、鼎の上から手取り足取り、やっとのことで下ろしてさしあげた。

「ご気分はいかがですか？」

家来たちが訊ねると、中納言は苦しそうに息をして言う。

「頭は少しハッキリしてきたけど、腰がちっとも動かないんだ。とはいえ、子安貝は今や我が掌中にあり。とにかく嬉しい。まずは明かりを持ってきなさい。この貝がどんなものか見るとしよう」

中納言は顔を持ち上げて手を広げてみたが、大切に握っていたものは何かといえば、燕が巣に垂れてかぴかぴになった古糞であった。

それを見るや中納言は、

「ああ、貝がないよ！」

と、叫んだ。

この出来事から、思い通りにいかないことを「貝がない」、すなわち「甲斐がない」と言うようになったのである。

さて中納言は、必死の思いで掴んだものが貝ではなかったと分かると、ドッと崩れ落ちるように具合が悪くなってしまった。唐櫃(からびつ)の蓋が壊れてうまく合わさらないかのごとく、折れたお腰の骨は元通りにならなかったのである。

中納言は、このように子どもっぽいことをして求婚に失敗したことを、世間に漏らすまいとしたが、その怪我(けが)が重病のもとになって、ひどく弱ってしまった。日が経つにつれて、子安貝が取れなかったことよりも、このみっともない顚末を人に聞かれて笑い者になることを気に病むようになった。こんなことで死ぬのは、ただの病気で死ぬよりも外聞が悪いと思ったのである。

これをかぐや姫が聞いて、お見舞いとして歌を贈った。

年を経て浪立ちよらぬ住(すみ)の江(え)のまつかひなしと聞くはまことか

長らく御無沙汰のあなた
わたしは約束の貝を待っているのに
もう待つ甲斐はないっていう噂(うわさ)は本当かしら

おそばの者がこの歌を中納言に読んで聞かせてさしあげた。
すると中納言は、ひどく気弱になっていたものの、なんとか頭を持ち上げて、おそばの者に紙を持たせ、苦しい思いをしながらも、やっとのことで返事を書いた。

かひはかくありけるものをわびはてて死ぬる命をすくひやはせぬ

貝はなくても甲斐はあったとも
あなたがこうして思いやってくれたのですから
死にゆくこの命をあなたの匙（かい）ですくってもらえたらなあ

このように書き終えるや、中納言は亡くなってしまった。
これを聞いて、かぐや姫も少し「かわいそう」とお思いになった。こんなことがあってから、少し嬉しいことを「甲斐がある」と言うようになったのである。

○

さて、かぐや姫の美貌が世にたぐいなく素晴らしいことは、とうとう帝(みかど)の耳にまで及んだ。

帝は内侍中臣房子(ないしなかとみのふさこ)を召し、「多くの男の身を滅ぼしても、なお結婚しないというかぐや姫は、いったいどれほどの女であろうか。そなたが出かけていって、その姿を見て参れ」と仰(おつしや)ったので、房子は竹取の翁(おきな)の屋敷へと出かけていった。

なにしろ帝からの使者であるから、竹取の翁の屋敷ではたいそう恐縮して内侍を迎え入れた。面会した嫗(おうな)に内侍は言った。

「帝はこのように仰いました——かぐや姫はたいそう美しいとのことである。おまえがその目でよく見て参れと。ですからこうして参った次第でございます」

「ならば、そのように申しましょう」

嫗はそう言って、かぐや姫のいる奥へ入った。

「早くお使いの方にお会いになってくださいな」と言うと、かぐや姫は「私のどこが美しいというの。お目にかかるなんてイヤです」と言う。

「とんでもないことを仰って！　畏れ多くも帝からのお使いなのですよ。どうしておろそかにできますか」

「帝に召されることなんて、畏れ多いとも思いませんから」

かぐや姫はそう答えて、使者に会いそうな素振りも見せないのである。

普段は自分が生んだ子のようにかわいがっているけれども、こうなるとこちらが気後れするほどけんもほろろで、嫗は無理強いすることもできなかった。

嫗は諦め、内侍のところへ戻って伝えた。

「まことに申し訳ないことですが、この小さな娘は強情者でございまして、お会いしそうにもございません」

「必ずお会いしてくるようにと命ぜられているのですから、お姿を拝見しないで戻るわけには参りませんよ。いやしくもこの世に暮らしておられるというのに、国王の命にさからうおつもりですか。非常識なことをなさいますな」

内侍は高圧的に言ったが、これを聞いては、なおさらかぐや姫が承知するわけもない。「国王の命にそむいたというなら、さっさと殺してくださればいいでしょ」などと言う。

内侍は内裏へ戻ると、この顚末を帝に上奏した。

帝はこれをお聞きになると、「多くの男たちを殺した女だけのことはある」と仰り、そのときはそれだけで何ごともなく済んだのである。

それでもなお帝はかぐや姫のことを気にかけておいでになり、「この女の思い通りにさせてなるものか」とお考えになると、翁を御前に召して次のように仰った。

「そなたのかぐや姫を宮中に奉れ。美しいという評判を耳にして使いをやったが、その甲斐もなく、宮中に召すことができないままである。このように我が命をないがしろにして、そのままで済まされると思うか」

翁は畏れ入って申し上げた。

「あの娘っ子めはまったく宮仕えに出ようという素振りも見せませんので、我々も持てあましているのでございます。そうは申しましても、このままでは許されるはずもないということは重々承知しております。退出いたしましたら、すぐさま屋敷へ戻りまして、ご命令を拝受させましょう」

これをお聞きになり、帝は仰った。

「翁が育て上げた娘であるというのに、どうして意のままにならぬということがあろうか。かぐや姫を宮中に奉ったあかつきには、そなたに五位の位（くらい）を賜るぞ」

この言葉に翁は有頂天になり、急いで屋敷へ戻って姫に伝えた。

「ありがたいことに、帝はこうまで仰ってくださったのですよ。それでも宮仕えをなされないおつもりですか」

「そのような宮仕えは絶対にしません。もし無理強いされるようなことになれば消え失せてしまうから。官位をいただけるように、形だけお仕えしてみせたら、あとはただ死ぬだけよ」

「や、それはいけない」と翁は慌てて答えた。「いくら官位をもらったところで、我が子を失うようなことになっては元も子もない。……それにしても、どうしてそんなにも宮仕えがおいやなんだろう。何も死ぬほどのことはないと思うんだが」

「どうせ口先だけのことだろうとお思いですか。それなら宮仕えをさせてみて、死なずにいるかどうか、ためしてごらんになってください。これまでに大勢の方々の並々ならぬお気持ちを無下にしてきたんだもの。それなのに昨日の今日で、帝の仰ることにやすやすと従うなんて、人聞きの恥ずかしいことです」

「世間の言うことはともかくとして、お命のことが第一だ。やはりお仕えできそうにないことを参内（さんだい）して申し上げよう」

　かくして翁は参内し、次のように帝に申し上げた。

「まことにありがたい仰せに、あの娘を参内させようと説得に努めましたところ、『宮仕えをさせるようなら死ぬつもりだ』と申すのです。じつのところあれは造麻呂が生ませた子どもではございません。その昔に山で拾った子どもでございまして、そのような娘でございますから、その心も世間の人とは違っているのでございます」

「造麻呂の屋敷は、山のふもとに近いらしいではないか」と帝は仰る。「ならば、山へ狩りに出かけるふりをして、かぐや姫の姿を見てしまえよう」

「なるほど、それは良い考えです。なに、かぐや姫がぼんやりしているときをみはからって、急遽お訪ねくださるというかたちにすれば、ご覧いただけましょう」

翁がこう答えたので、にわかに帝は日時を決めて御狩へお出かけになった。

かぐや姫の屋敷にお入りになった帝があたりをご覧になると、光り輝くように美しい人が座っている。この人こそかぐや姫であろうと、屋敷の奥へ逃げ入ろうとする彼女の袖をとらえておしまいになった。姫は袖で顔を隠しているけれども、最初の一瞥でよくご覧になったので、帝はその美貌をたぐいなく素晴

らしいとお思いになった。「もはや言い逃れは許さぬ」と連れていこうとなさ
れる。
　すると姫が申し上げた。
「私がこの国に生まれた者でしたら、宮仕えさせることもおできになりましょ
う。けれどもそうではないのです。お連れになることはできません」
「そのようなことがあろうか。なんとしても連れて帰るぞ」
　ところが、御輿（おんこし）を屋敷にお寄せになったとたん、かぐや姫は急に影のように
なって姿を消してしまった。
「ああ、はかなく消えてしまった。残念なことをした」
　かぐや姫は本当にただの人ではなかったのだ、と帝はお思いになった。
「それならばあなたを連れていくことはすまい。だから元のお姿に戻ってくだ
さい。せめてその姿だけでも見て帰るとしよう」
　帝がそう仰ると、かぐや姫は元のように姿を現した。
　連れていくのを断念されたとはいえ、帝は姫への想いを断ちがたく思われた。

さて、帝は姫の姿を見られるように配慮した造麻呂をおおいにお褒めになった。翁は、帝のおともの方々を盛大に饗応（きょうおう）した。

そして帝は、姫を残して帰ることをひどく無念に思いつつ、背後に魂を残していくような心地で、帰途につかれることになった。

御輿に乗られてから、帝はかぐや姫に歌を贈られた。

帰るさのみゆき物憂（ものう）くおもほえてそむきてとまるかぐや姫ゆゑ

帰りの行幸（みゆき）の物憂さよ
私は幾度も振り返って立ち止まる
我が命にそむいて屋敷にとどまるあなたを想って

この歌に対し、かぐや姫は次のような歌を返した。

むぐらはふ下（した）にも年は経（へ）ぬる身のなにかは玉のうてなをも見む

葎（むぐら）の這うような粗末な屋敷で
長い歳月を過ごしてきた私ですから
あなたのきらびやかな宮中では暮らせないの

かぐや姫からのお返事をご覧になると、帝はいっそう帰るあてもないようにお思いになった。さりとてこんなところで夜を明かすわけにもいかないので、本心を押し殺して、お帰りになるほかなかったのである。

さて宮中に戻ってから、おそばに仕える女性をご覧になっても、かぐや姫に肩をならべられるような女性は一人としていない。これまではとりわけ美しいとお思いになっていたはずの女性でさえ、かぐや姫と比べてみると人並みとも思われない。ただもうかぐや姫のことばかりが心にかかるので、帝はおひとりで毎日を過ごされた。とくに理由を仰るわけではなかったが、お后（きさき）や女御（にょうご）のもとへお渡りになることもない。

帝はかぐや姫のもとへお手紙を書いて、やりとりをなされた。帝のお召しに応じなかったとはいえ、かぐや姫からの返事は心の籠もった趣き深い手紙であった。それからも帝は季節の草木に添えるなどして、歌を詠んではお遣わしになった。

このようにして、帝とかぐや姫がおたがいの心を慰め合われているうちに、三年ほどの歳月が流れたのである。

○

その春のはじめから、かぐや姫は月が美しく出ているのを見て、つねになく物思いに耽(ふけ)っている様子であった。お付きの人間が「そんなふうに月をご覧になるのは不吉なことですよ」と止めさせようとしたのだが、ともすれば人の目につかない時を選んで月を見上げ、ひどく泣いているのである。

七月十五日の月の夜にも、かぐや姫は例によって縁に出て座り、しきりに物思いに耽っている。姫のそばに仕えている使用人たちが竹取の翁に告げるには、「かぐや姫はいつも月を熱心にご覧になっていますが、この頃はどうもただごとではないご様子です。ひどく思い嘆かれるようなことがあるにちがいありません。よくよく気をつけてさしあげてくださいまし」という。これを聞いて竹取の翁はかぐや姫に言った。

「いったい何を思い悩んで、そんなふうに月をご覧になっているのです。この世は何もかも素晴らしくて、思い煩うべきことなど何一つないというのに」

するとかぐや姫は言った。

「こうして月を見ていると、この世というものが心細くて、哀しげなものに思われるのです。ただそれだけのことで、べつに何を嘆いているというわけでもありません」

しかしまた別の日、翁がかぐや姫のところへ行って顔を覗いてみると、やはり姫は物思いに耽っている様子である。

「かぐや姫や、何を考えていらっしゃるのかな。ほら、悩みを言ってごらん」

「何を考えているわけでもないの。なんとなく心細いだけ」

「もう月をご覧になるのはお止しなさい。そうして月をご覧になるたびに、何か物思いに沈んでしまわれるようだから」

「だって、月を見ずにはいられないんですもの」

かぐや姫はそう言って、やはり月が出れば、縁に座って溜息をついている。夕暮れ時のまだ月の出ていない頃には、物思いに耽るような様子はない。しかし月が出る頃になると、やはり時々は溜息をつき、涙をこぼしたりする。おそばに仕える使用人たちは、「やはり思い悩むことがあるにちがいない」と囁き合ったが、親をはじめとして、屋敷の誰にも姫の悩みは分からなかった。

八月十五夜も近づいた頃、かぐや姫は縁に出て月を眺め、たいそうひどく泣いた。今となってはもう、人目も気にせず泣くのである。これを見ると親たちはおろおろして、「いったいどうしたというの」と口々に訊ねた。

かぐや姫が涙ながらに語るには――

「これまで幾度も申し上げようと思ったのですが、あなた方がお嘆きになるにちがいないと思って、言い出せないままに時が過ぎてしまいました。かといって、いつまでも黙っているわけには参りませんので、こうして打ち明けるのです。じつは私はこの国の人間ではありません。月の都の人間なのです。前世の宿縁によって、この世に参上いたしました。しかしとうとう帰らねばならぬ時がきましたので、この月の十五日、故郷の月から迎えの人々がやって参ります。あなた方がさぞやお嘆きになるだろうと思うと悲しくてたまらず、この春から月を見るたびに嘆いておりました」

かぐや姫が涙にくれるのを見て、「これはなんということを仰る（おっしゃる）か」と翁は言った。

「竹の中から私があなたを見つけてさしあげたのだぞ。からし菜種ほどの小さな頃から、私の背丈にならぶまでお育てした我が子なのだ。それを誰かが迎えにくるなんて、そんなことがどうして許せるものか。そんなことになったら、私の方こそ死んでしまう」

そう言って泣き喚くさまは、哀しみを堪えかねる様子である。

「私には月の都の人間としての父と母がおります」とかぐや姫は言った。

「ほんの少しの間ということで、月の世界から地上にやって参りましたが、思いがけずこのように長い年月を過ごすことになりました。月の都の父母のことも今では憶えていません。このように長くお世話になって、今ではあなた方をお慕いするようになったんですもの。月へ帰ることも嬉しいとは思えず、ただただ悲しいだけです。それでも自分の思うにまかせず、この世を去ろうとしているのです」

そうしてかぐや姫は、翁たちとともにひどく泣いたのである。

屋敷の使用人たちも、かぐや姫に長い間慣れ親しみ、彼女の心が高貴で愛らしかったことをよく知っているので、別れてしまえば恋しいだろうと思うとつらくてならず、湯水も喉を通らず、翁たちや姫と同じように悲しみにくれていた。

このことを帝がお聞きになり、竹取の翁の屋敷に使者をお遣わしになった。

竹取の翁は帝からの使者に面会しても、涙にくれているばかりである。あまりに激しく嘆き続けたために、その髭(ひげ)も白くなり、腰も曲がって、目のまわりはすっかりただれてしまっていた。翁は今年で五十歳（原文ママ）ばかりであったが、かぐや姫と別れる哀しみのあまり、僅かの間にすっかり老けこんでしまったとみえる。

使者は帝のお言葉を翁に伝えた。

「たいそう心を苦しめ、思い悩んでいるというのはまことか」

竹取の翁は涙ながらに申し上げた。

「この十五日に月の都から、かぐや姫の迎えが参るそうでございます。畏れ多くも、よくぞお訊ねくださいました。この十五日には警護の人々を賜れましょうか。月の都の人間が参り来たらば、捕らえさせたいと存じます」

使者は宮中へ戻り、翁の様子やその言葉を帝に申し上げた。

帝はこれをお聞きになって仰った。

「一目見たにすぎない私の心にさえ、かぐや姫の姿は深く刻まれている。まして明け暮れをともに過ごしてきた者が、かぐや姫を月にやるとなっては、その哀しみは耐えがたいことであろう」

○

いよいよ八月の十五日になると、帝はそれぞれの役所にお命じになり、勅使に中将 高野大国という人物を任命されて、六衛の司を合わせて二千人の兵を竹取の翁の屋敷へ遣わされた。

中将は竹取の翁の屋敷へ到着すると、築地の上に千人、屋根の上に千人、もともと屋敷に使われていた使用人たちも合わせて、まさに隙間もなく守らせることとした。屋敷の守りにつく使用人たちも、弓矢を身に帯びてひかえている。屋敷の中にも交代で兵を置き、嫗たちを守らせた。

嫗は奥まって壁に囲まれた塗籠の中に、かぐや姫を抱いて隠れていた。

翁は塗籠の戸を閉ざして、その戸口で待ちかまえている。「この鉄壁の守りは天の人にも負けるものか」と翁は言い、屋根の上で待ちかまえている人々に向かって、「少しでも何かが空を走ったら、サッと射殺してくだされ」と声をかけた。

警護の兵たちは答える。「この鉄壁の守りですよ。コウモリ一匹さえ飛ぶものがあったら射殺して、見せしめに外へさらしてやります」

翁はこれを聞いて、おおいに頼もしく思っていた。

このやりとりを聞いて、かぐや姫は言った。

「このように私を塗籠に隠して、守り戦う支度をしたところで、あの国の人とは勝負にならないでしょう。弓矢で射ることもできませんもの。こうして私を閉じ籠めても、あの国の人がやってくれば、戸もみんな開いてしまう。戦いをしかけようとしても、あの国の人たちを前にしたら、みんな怖じ気づくに決まっています」

「この儂の長い爪で、お迎えにくる人の目玉を摑み潰してやるさ。そいつの髪の毛を摑んで空から引きずり下ろしてやるのだ。そうしてそいつの尻をまくって、大勢の役人に見せつけて、赤っ恥をかかせてやるぞ」と翁は腹を立てて言った。

「そんなことを大声で仰らないで。屋根の上にいる兵士たちに聞かれたら、みっともないではありませんか」とかぐや姫は言った。

「育ての親の愛情を無下にして、こうして去っていくことが無念でなりません。間もなくお別れしなくてはならないのも前世からの宿縁がないためで、そのことを悲しく思っています。ご両親のお世話もできずにお別れすることになれば、月へ帰る道中も心安らかではいられないでしょうから、この数日も縁に出て、せめて今年一年ほどの猶予を願い出たのです。それなのに、まったく許してもらえませんでした。あなた方のお心を乱して去ってしまうのが、本当に悲しくてたまらない。月の都の人は、たいそう美しくて、歳をとることもありません。思い悩むこともないのです。でもそのようなところへ行くことも、今はちっとも嬉しくありません。老いていくご両親のそばにいて、お世話をしてさしあげることができないのが心残りで……」

「もう胸の痛くなることを仰るな」と翁は言った。そして「どれほど立派な姿をした使者がやってこようが、姫を渡してなるものか」と怒りをくすぶらせていた。

○

こうしているうちに宵を過ぎて、深夜をまわった頃、屋敷のまわりが昼よりも明るい光に包まれた。それは満月の明るさを十倍にしたようなたいへんな明るさで、目の前にいる人の毛穴さえもまざまざと見えるほどだった。

大空から人が雲に乗って下りてきて、地面から五尺ばかりの宙に立ちならんだ。

屋敷の内外で守りを固めていた人々は、まるで物の怪にとりつかれたような気分になり、真っ向から戦おうという気持ちも失せてしまった。なんとか気力を振り絞って、弓に矢をつがえようとするが、手に力も入らずグッタリしてしまう。気丈な者が気合いを入れて矢を射ようとしたが、そうして放った矢は見当ちがいの方向へ飛んでいく始末だった。こうなってはもう戦うこともできず、ただ呆然(ぼうぜん)としたように、人々は顔を見合わせるばかりである。

空中に浮かんでいる人々は、その衣装の華麗なことはたとえようもない。そのかたわらに空飛ぶ車が一つ浮かんでいて、美しい薄絹を張った日よけ傘がさしかけてある。車の中にいる天人(てんにん)の王のような人物が屋敷に向かって、

「造麻呂(みやつこまろ)よ、出てこい」と言うと、あれほど猛々(たけだけ)しく怒り狂っていた翁(おきな)までもが、何かに酔ったような気分になって、床にひれ伏してしまった。

「未熟なやつめ」

天人の王は言った。

「そなたが僅かばかりの善行を積んだがゆえに、助けになればとて、ほんの束の間、かぐや姫をこの地へ下したのである。そのおかげで、何年もの間に多くの黄金を賜って、そなたは生まれ変わったように裕福になったではないか。かぐや姫は罪をつくられたので、このように賤(いや)しいそなたのもとへ、少しの間、

身を寄せておられただけのこと。その罪障が消滅した今、このように迎えにきたというのに、みっともなく泣き喚くとは。そのようなことをしても何の益もない。早く姫をお返し申し上げよ」

翁はこれに答えて言った。

「かぐや姫を養い申し上げること、かれこれ二十余年にもなるのです。あなた様が『ほんの束の間』と仰るのを聞いて疑わしくなりました。ここではないどこかに、他のかぐや姫という人がいらっしゃるのではありませんか。この屋敷にいらっしゃるかぐや姫は重い病気にかかっておられますゆえ、お出になれますまい」

しかし天人はこれに返事もせず、屋敷の屋根に車を寄せて呼びかける。

「さあ、かぐや姫よ。どうして穢れたところにいつまでもおられるのか」

そのとたん、かぐや姫を守るために締め切ってあった戸という戸が、即座にことごとく開いてしまった。人もいないのに格子などもひとりでに開き、嫗が しっかりと抱きしめていたかぐや姫はそのまま外へ出ていくのである。姫を引き留めることは到底できそうにもなく、嫗はただ空を仰いで泣くばかりであった。

心を乱して泣き伏している竹取の翁に近寄って、かぐや姫は言った。

「私だって心ならずもこうしておいとまするのです。せめて最後ぐらいは、天に昇るところを見送ってくださいまし」

「こんなに悲しいというのに、見送ることなんてできません。この先、私にどうしろというつもりで、見捨てて天に昇られるのか。どうか一緒に連れていってください」

翁は泣き伏しているので、かぐや姫の心は乱れた。

「文を書き置いて、おいとましましょう。私のことが恋しくなった折に、取り出してご覧ください」と言い、かぐや姫は涙をこぼしながら手紙を書いた。

もしもこの国に生まれた身であれば、お嘆きにならずに済む頃まで、ずっとおそばにおりましょう。しかしながらそれは許されず、こうしてお別れの日を迎え、かえすがえすも残念でございます。ここに残していく着物を我が形見と思ってくださいませ。そして、これから月の出る夜には、私のおります月をどうか見上げてください。お二人を見捨てるようにして天に昇るのはまことにしのびなく、空から落ちてしまいそうに思われます。

さて、天人が持っている一つの箱には、天の羽衣が入っていた。そしてまたもう一つの箱には、不死の薬が入っている。

天人のうちの一人が、「壺の中の薬をお飲みください。穢れた土地の食べ物をお召し上がりになって、さぞかしご気分がお悪いでしょう」と言い、壺を持って近づいた。かぐや姫は少しだけ舐めてから、その薬を少し両親への形見として、脱いだ着物に包もうとしたが、そばの天人がそれを許さなかった。

天人は箱から取り出した天の羽衣をかぐや姫に着せようとする。

かぐや姫は「もう少し待って」と言った。

「天の羽衣を着た人は、その心が地上の人とは変わってしまうと言います。まだ言い残しておかねばならないことがありますから」

かぐや姫が手紙を書きだすと、天人は「遅い」とじれったそうにしている。

「融通のきかないことを仰らないで」

かぐや姫はたいそう静かに帝(みかど)への手紙を書いた。落ち着いた態度であった。


このように大勢の方々を派遣されて、私をとどめようとなされましたが、悲しく残念なことに、避けようのない迎えが参りまして、私を連れていってしまいます。納得のいかぬこととお思いになったことでしょうが、おそばにお仕えすることができなかったのも、このように煩わしい身の上なればこそでございます。強情にも命に従わなかった私のことを無礼者と今も心にとどめておいでてしょうね。それだけが心残りでございます。

今はとて天(あま)の羽衣(はごろも)着るをりぞ君をあはれと思ひいでける

今はもうこれまでと
天の羽衣を着る今になって
あなたへの想いが胸に充(み)ちてきます

かぐや姫はそうして書いた手紙を不死の薬に添えると、頭中将(とうのちゅうじょう)を呼び寄せて、帝への献上を頼んだ。天人がかぐや姫の手から壺と手紙を受け取って、頭中将に手渡した。

中将がこれを受け取ったとき、天人がかぐや姫にサッと天の羽衣を着せると、今まで翁を「気の毒だ」「愛おしい」と思っていた気持ちも消え失せてしまった。この衣を着た人は、思い悩むことがなくなるのである。

そしてかぐや姫は車に乗り、百人ほどの天人をともなって昇天した。

○

　その後、翁と媼は血の涙を流すほど嘆き哀しんだが、今となってはどうしようもなかった。そばの人々が、かぐや姫が書き置いた手紙を読み聞かせても、「生きていたところで何になろう」「誰のために生きろというのか」「もはやこの命には何の意味もない」と、薬を飲もうともしない。そのまま起き上がることもなく寝込んでしまった。

　中将は屋敷へ派遣された人々を引き連れて帰り、帝のもとへ参上すると、月の使者から姫を守ることができなかった顛末を詳細に申し上げ、かぐや姫から託された不死の薬の壺と手紙を献上した。

　帝は手紙を広げてご覧になると、ひどく心をお打たれになって、それからは何も召し上がらず、音楽の演奏などもなさらぬままに時を過ごされた。

　やがて帝は大臣や上達部を御前に召して、「我が国でもっとも天に近い山はどこにあるか」とお訊ねになった。ある人がこれに答えて申し上げるには、「駿河の国にあるという山こそ、この都にも近く、天にも近うございます」とのことであった。

帝はこれをお聞きになって歌を詠まれた。

あふこともなみだにうかぶ我が身には死なぬ薬も何にかはせむ

二度と会えないあなたを想い
哀しみの涙に濡れている今の私に
不死の薬がいったい何の役に立とうか

その歌を不死の薬の壺に添え、帝は使者に託された。

その勅使には調岩笠（つきのいわがさ）という人をお選びになって、これらの品を駿河の国にあるという山の頂きまで持っていくようにとお命じになり、そこで為（な）すべきこともお教えになった。手紙と不死の薬をならべて焼くように、と――。

その命を承った調岩笠が、兵士たちを大勢引き連れてのぼったことから、その山を「士に富む山」、すなわち富士山と名付けたのである。

今もなお、その煙は雲の中へ立ちのぼっていると言い伝えられている。

全集版あとがき

千年の失恋

今から千年以上も前のこと。月光を浴びて清らかに輝く竹林を見て、昔の人は確信したのだ。この竹林の奥深くは神秘的な月の世界へ通じている、と。

その原作者（たち）を他人とは到底思えない。

『竹取物語』はファンタジーであり、竹にまつわる物語であり、残酷な美女の物語であり、阿呆（あほう）な男たちが右往左往する物語であり、片想いがことごとく破れていくローテーション失恋の物語である。私はファンタジーの新人賞でデビューし、大学院生時代の研究テーマは竹であり、残酷な美女が登場する小説も書いたし、阿呆な男たちが右往左往する小説も書いたし、いろいろな失恋や片想いを書いた。「ものがたりのいできはじめのおや」に対して畏れ多いが、まるで自分がこしらえたような物語だと、つねづね思っていたのである。もちろん、だからといってスラスラ訳せるわけではまったくないが。

現代語訳の方針としては、

一、原文にない事柄はできるだけ補わない

二、現代的な表現を無理して使わない

という二点を決めて臨んだ。

そうしないと暴走して、原典から遠く離れてしまいそうだったからである。

和歌の扱いについてはとくに悩んだ。男女が感情をこめてやりとりするラブレターだから、訳して意味が通るというだけでは物足りない。いかにもその人が詠んだという風であってほしいし、物語の流れにちゃんと溶けこんでいてほしい。あれこれ考えた末、「恋する男女が交わす、ちょっと恥ずかしいポエム」的なものをイメージして現代語訳した。そういうわけで、いささか阿呆っぽくなりすぎたところもあるかもしれない。

『竹取物語』において、原作者がのびのびと楽しく書いていると思われるのは、五人の求婚者のエピソードである。細部に注ぐ情熱が、ほかの部分とはいささか異なって感じられるのだ。身のまわりの貴族社会での見聞を書きこんだにちがいなく、こまごまとしたリアリティと大胆な幻想が絶妙の塩梅で入り混じっている。五人の求婚者たちの阿呆ぶりが生き生きと描かれていればこそ、高嶺の花たるかぐや姫の情け容赦のなさも際立つ。そうでなくてはいけない。

これら五人の求婚者のエピソードでは、原作者が「笑わせてやろう」と腕まくりをしている。その笑いの源は求婚者たちのキャラクターにある。「秀才馬鹿」型や「世間知らずのボンボン」型、「オレ様最強」型など、求婚者たちには明確な個性があり、その人らしい手法をもって、かぐや姫から与えられた難題に挑む。その人らしい悪だくみが、その人らしく失敗するからこそ面白いのだ。そういうわけで、現代語訳にも彼らの個性が分かりやすく出るように努めた。平安時代の読者たちは彼らの阿呆ぶりに笑い転げたにちがいないし、現代の読者にもせめて「ニヤリ」としていただければ嬉しい。

しかしついに帝（みかど）が登場するとき、こういった陽気さは影をひそめてしまう。この物語における帝というのは、現世のルールそのものを体現した存在で、いわば地球代表選手である。それに対して、かぐや姫は現世のルールが通じない「向こう側」の世界の代表選手である。かぐや姫が帝さえも引きずりだしたとき、物語の水温は変わって、悲しい結末の予感が漂い始める。『竹取物語』は、地上に降り立ったかぐや姫が、あたかもトーナメント戦を勝ち抜くかのように、現世のルールを次々に打ち破り、最終的には地球を丸ごと失恋させる物語だといえる。その失恋の余韻は、千年以上も尾を引いたわけだ。

当時生きていたすべての人間が消え去っても、天と地がその姿を変えることはない。この世ならざる世界への怖れや憧れは引き継がれていく。

「その煙、いまだ雲の中へ立ちのぼるとぞ、いひ伝へたる」

この最後の一節の美しさたるや。

現代語訳を終えたあとでは、とりわけそう思うのである。

参考文献

・「竹取物語」片桐洋一 校注・訳(新編日本古典文学全集12『竹取物語　伊勢物語　大和物語　平中物語』所収)小学館　一九九四年
・『全対訳日本古典新書　竹取物語』室伏信助 訳・注　創英社　一九八四年

特別収録　講義「作家と楽しむ古典」

僕が書いたような物語

本稿は二〇一六年六月十六日に行われた「池澤夏樹＝個人編集　日本文学全集」連続講義「作家と楽しむ古典」（ジュンク堂書店池袋本店で開催）を元に、弊社より刊行された単行本『作家と楽しむ古典　古事記　日本霊異記・発心集　竹取物語　宇治拾遺物語　百人一首』に収録されたものです。

構成　五所純子

順番がまわってきた

——まず森見さんから『竹取物語』の紹介をお願いします。

こんにちは、森見登美彦です。

『竹取物語』は平安時代初期の九世紀から十世紀に成立したと言われています。でも『竹取物語』の写本は室町時代初期、十四世紀のものしか残っていなくて、それも一部分だけです。それ以前のものにさかのぼることはできません。

『竹取物語』を読んでいると、ロマンティックな男性がいろいろ想像しながら書いたのかなという気がします。でも調べてみると、一人の作者がいきなり

『竹取物語』を成立させたのではなくて、元になる昔話がいくつかあったようです。たとえば竹取の翁は、『竹取物語』よりも前に、『万葉集』に登場しています。また『竹取物語』によく似たストーリーが『今昔物語』にあって、そこでは人物や小道具が少し変わっています。『今昔物語』にあるストーリーは、『竹取物語』の原型になった物語をもとにして書かれたんじゃないかと考えられているそうです。

もとになるお話が昔から伝わっており、それを平安時代になってどなたかが自分なりにおもしろく仕上げてやろうと思って書いてみた。それにまたいろいろな人が手を加えていく。そうやって現代に生きているのが『竹取物語』だろうと思います。

だから、最初に書いた人のことは絶対にわからないんです。当時は今みたいに著作権なんてありませんし、誰が書いたのかということを当時の人はあまり問題にしていなかったのではないかな。

そうやって時代が流れて現代に至り、私の手を加える番がまわってきたということです。

アホな男たちの勢い

——それでは、森見さんがどんなふうに『竹取物語』を現代語訳したか、原文と見比べてみましょう。

　世界の男、あてなるも、賤しきも、いかでこのかぐや姫を得てしかな、見てしかなと、音に聞きめでて惑ふ。そのあたりの垣にも家の門にも、をる人だにたはやすく見るまじきものを、夜は安きいも寝ず、闇の夜にいでても、穴をくじり、垣間見、惑ひあへり。さる時よりなむ、「よばひ」とはいひける。

　人の物ともせぬ所に惑ひ歩けども、何のしるしあるべくも見えず。家の人どもに物をだにいはむとて、いひかくれども、ことともせず。あたりを離れぬ君達、夜を明かし、日を暮らす、多かり。おろかなる人は、「用なき歩きは、よしなかりけり」とて来ずなりにけり。

その中に、なほいひけるは、色好みといはるるかぎり五人、思ひやむ時なく、夜昼来たりけり。その名ども、石作の皇子、くらもちの皇子、右大臣阿倍御主人、大納言大伴御行、中納言石上麿足、この人々なりけり。

（「竹取物語」『新編日本古典文学全集12』小学館　※以下、原文同）


噂を耳にした世の中の男たちは、身分の高い低いにかかわらず、なんとかしてこのかぐや姫を自分のものにしたい、妻にしたいと、心を乱したものだった。屋敷の使用人でさえ姫の姿をやすやすとは見られないというのに、屋敷のまわりの垣根やら門の脇やら、あらゆるところに男たちが忍んできた。彼らは夜もうかうかと眠らず、たとえ月のない闇夜であろうとも気にせずセッセと通ってきては、垣根をほじくって屋敷を覗こうとし、そこらを這いまわってうごうごするのだ。まったくあきれた騒ぎであって、このときから男が女に言い寄ることを「夜這い」、すなわち「よばい」と言うようになったのである。

その男たちは人が呆(あき)れるようなところにまで潜りこんだが、何の効き目もなさそうだった。屋敷で働く使用人たちに渡りをつけようとして声をかけてみるものの、けんもほろろで相手にしてくれない。こうして大勢の貴公子たちが屋敷のまわりをうろうろして夜を明かし、日がな一日をむなしく過ごした。そのうち、情熱の足りない人は、「あてもなく歩きまわるなんて意味ないよ」と呟いて来なくなった。

それでもなお食い下がっていたのは、色好みとして当代に名高い五人の男であった。彼らは決して挫(くじ)けることなく、夜でも昼でも通ってきた。石作皇子(いしつくりのみこ)・庫持皇子(くらもちのみこ)・右大臣阿倍御主人(うだいじんあべのみうし)・大納言大伴御行(だいなごんおおとものみゆき)・中納言石上麿足(ちゅうなごんいそのかみのまろたり)という面々である。

（森見訳）

——森見さん訳のエッセンスがたっぷり詰まっていますね。森見さんはどんなことを考えながら訳しましたか?

原文は、かぐや姫にとりつかれて右往左往している男たちを、ひじょうに勢いのある文章で書いています。なので僕も、この男たちのアホさを、原文の勢いを潰さないようにつないでいこうと思って訳しました。

勢いを大事にしたかったので、原文に出てくる言葉の順番を入れ換えたり、原文では長々と続いている文章を途中で切ったりして、文章のリズムを整えました。

それと、「〇」で場面を区切りました。原文ではそのような分け方はされていませんし、『新編日本古典文学全集』(小学館)や『新潮日本古典集成』(新潮社)などの現代語訳の区切り方とも違います。お話として盛り上がるところを区切って決めていくと、より印象が強まるだろうと考えました。ブロック単位にすると、現代の小説みたいに読みやすいですよね。

　あと、原文にない文章を入れたりもしています。「セッセと通ってきては」「そこらを這いまわってうごうごする」「まったくあきれた騒ぎであって」、これらは原文にないんです。原文にないものを補うことは、本当はあまりしたくない。だけど、文章が流れて気持ちのいいリズムにならないかと模索して、やむをえず入れさせていただきました。そうすることによって現代の読者に「臨場感」を味わってもらおうという考えもありました。全編にわたってあちこちにちょっとずつ、そういうことをやっています。

　あとは意訳ですね。この場面では、かぐや姫の家の周囲に集まった男たちのなかで、情熱の足りない人が先に帰っていきます。原文の「用なき歩きは、よしなかりけり」をそのまま訳したら、「無駄に歩くのはつまらないことだよ」という感じですが、これだと言っている人の〝ふてくされ感〟があまり出ないかなと思いました。なので、少し正確ではないかもしれないけど、意味内容を大切にして、「あてもなく歩きまわるなんて意味ないよ」と僕は訳しました。

キャラクターを立てる

――男たちのなかで最後に残ったのが、五人の求婚者でした。森見さんの訳では、五人のキャラクター分けがはっきりしていて読み応えがあります。どんなふうにキャラクターを立てていきましたか？

全体の方針として、とにかく自分で原文を読んだときの感覚を大事にしました。最初からガチガチに「こういう人だ」と決めたわけではなくて、読んでいて「だいたいこんな人かな」と想定されるキャラクターを、訳しながらさらにデフォルメしていくんです。何度も書き直しましたね。

その人がどんな行動をとったか、かぐや姫やお爺さんとどんな言葉をキャッチボールしたか、それを見ながらだんだんその人らしい台詞をつかんでいきます。そのなかで「ここはこれくらいデフォルメしても大丈夫」とか「ここはやり過ぎかな」とか調整して、キャラクターの焦点を合わせていきました。

それと、五人の求婚者はおもしろい人たちなので、それぞれおたがいをどういうふうに思っているんだろうと考えるのも役立ちました。「金持ちだけど、何の役にも立たない奴だ」とか「あいつ、存在感ないな」とか、きっと陰口を叩いていたんじゃないかなと想像すると、そこから膨らむものもありました。

――せっかくなので、森見さんから五人の求婚者を紹介してください。

最初に出てくるのが石作皇子ですね。偽物の「仏の御石の鉢」をつくった方です。この人、すごい厄介だったんです。明らかに原作者は手を抜いて書いているんですよ。庫持皇子と同じようなことを中途半端にやって、ちょろっと歌を詠んで去って行くだけです。これは僕がもっとも苦しんだところで、キャラクターをデフォルメしようにもどうしようもない。石作皇子のキャラが立ってないのは原作のせいですと言い訳しておきます。
二人目が庫持皇子。「蓬萊の玉の枝」をこれまた贋作した方ですけど、この人のやってることや言っていることを見ていると、自信満々で策略家の金持ちのぼんぼんです。それなりに有能なところもあるから、きっと出世するでしょうね。ちょっと現代的な人なのかなと思いながら訳しました。

三人目が右大臣阿倍御主人、「火鼠（ひねずみ）の皮衣（かわぎぬ）」を頼まれた人ですね。僕はこの人、どうも嫌いになれない。万事が人任せで、何でもお金で解決できると思っている。とはいえ悪気はないんですよ。のどかで気のいい人なんです。品物を届けてくれた人がいる方角に向かって「ありがたや」とお礼を言ったりして、ちょっとかわいい。他の求婚者たちから馬鹿にされることはあっても、嫌われはしない人ですね。

四人目の大納言大伴御行は、「龍の頸（くび）の玉」を求めて海に出ます。僕が苦手な人ですね。お金持ちで、自分を大した奴だと思っていて、部下のことをまったく考えない人です。読んでいて僕はこの人についていけないなと思っていたので、この人が嵐に遭って泣くところは楽しかったです。

最後の中納言石上麿足は「燕（つばくらめ）の持つ子安貝（こやすがい）」を頼まれた方です。僕はこの人のことも悪く思えないです。燕の持つ子安貝をとろうとして死んじゃって、いくらなんでも可哀想ですよね。前もって入念に調査して、人の意見を聞いて知識を得ようとする。そのこと自体は悪いことではないけれども、ちょっと自分ではものを考えないような脇の甘いところがある。どうも親近感が湧きます。イメージとしては、中学や高校のときにいた、ちょっと思いこみの激しい優等生。クラス皆で学園祭の準備をしていて、皆がだらけてしまったときなんかに、急に「僕がやるよっ！」ってヒステリックに言い出すみたいな、そんなイメージです。

とても大昔の話とは思えないくらい、原作が細かく人物設定をつくっているのを感じました。そういう意味では、現代語訳はやりやすかったです。やっぱり問題は最初の石作皇子だけです。どうしてこの人物だけ手抜きなんでしょうね。

帝による変調

――もう一人の求婚者、帝はどうですか？

難しかったです。

帝は個人のキャラクターというより、この世の摂理の代表みたいなところが感じられて、半分は人間でないような書き方になっている。それを現代語に置き換えるときに、あまり茶化しても変だし、敬語の扱いも苦労するし、どうもあまりうまくいかなかった気がします。

帝が出てくるあたりから、かぐや姫の調子も変わってくるんですよ。それまでは高嶺の花で気ままにふるまっていたのに、帝に対しては背筋がぴんと伸びてしまって、弱いところを見せなくなる。翁や五人の求婚者とのやりとりはこっちも楽しく生き生きと訳せたんですけど、帝の場面は苦労しました。

それに比べると翁は単純でよかったです。とにかくかぐや姫が可愛くてしかたないという軸がはっきりしてます。帝と違って、思うまま生き生きと台詞を言わせることができました。

人物の気持ちと臨場感

——人物のキャラクター立てによって、ぐいぐいと最後まで引っ張って読ませてくれる『竹取物語』になりました。なかでも森見さんが気に入っている場面をおしえてください。

大納言大伴御行がひどい目に遭っている場面ですね。部下を連れて海にくり出したものの、嵐に遭ってしまうところです。

いかがしけむ、疾(はや)き風吹きて、世界暗(くら)がりて、船を吹きもて歩(あり)く。いづれの方(かた)とも知らず、船を海中(うみなか)にまかり入(い)りぬべく吹き廻(まは)して、浪(なみ)は船にうちかけつつ巻き入れ、雷は落ちかかるやうにひらめきかかるに、大納言心惑ひて、「まだ、かかるわびしき目、見ず。いかならむとするぞ」とのたまふ。

楫取答へて申す、「ここら船に乗りてまかり歩くに、まだかかるわびしき目を見ず。御船海の底に入らずは、雷落ちかかりぬべし。もし、幸に神の助けあらば、南海に吹かれおはしぬべし。うたてある主の御許に仕うまつりて、すずろなる死にをすべかめるかな」と、楫取泣く。

大納言、これを聞きて、のたまはく、「船に乗りては、楫取の申すことをこそ高き山と頼め、など、かくたのもしげなく申すぞ」と、青へとをつきてのたまふ。楫取答へて申す、「神ならねば、何わざをか仕うまつらむ。風吹き、浪激しけれども、雷さへ頂に落ちかかるやうなるは、龍を殺さむと求めたまへばあるなり。疾風も、龍の吹かするなり。はや、神に祈りたまへ」といふ。

大納言「よきことなり」とて、「楫取の御神聞しめせ。をぢなく、心幼く、龍を殺さむと思ひけり。今より後は、毛の一筋をだに動かしたてまつらじ」と、よごとをはなちて、立ち、居、泣く泣く呼ばひたまふこと、千度ばかり申したまふ験にやあらむ、やうやう雷鳴りやみぬ。

（原文）

ところがどうしたことであろう、疾風が海上を吹き渡ると、一天にわかにかき曇り、船は暴風に吹きまくられ始めた。猛烈な風が船をもみくちゃに吹きまわして方角も分からない。次々とうちかかる大浪が船を海中へ引きずりこもうとし、頭上にひらめく雷は今にも落ちてきそうであった。

こうなると大納言はすっかり取り乱して、「こんなひどい目にあうのは生まれて初めて。これから俺はどうなるの」と喚く。

「長い間あちこち航海してきたが、こんなに苦しい目にあったことはありません」と船頭は言った。「たとえ沈没しないにしても、いずれ雷が落ちて木っ端微塵。万が一神様のお助けがあったところで、遠い南の海へ流されちまうでしょうよ。嗚呼、しょうもない主人にお仕えしたばかりに、しょうもない死に方をする！」

そうして泣きだす船頭に対して、大納言は船板に青反吐を吐きつつ言う。

「船に乗るとなれば、船頭の言うことを立派な山を見上げるように頼みにするものなんだぞ。それなのに、おまえがそんな頼りないことでどうするの」

「こちとら神様でもなんでもないので、こうなっては何もしてさしあげられませんや」と船頭は答えた。「暴風に大浪ときて、そのうえ雷まで落ちてきそうなのは、あなた様が龍を殺そうなんてトンデモナイことを求めたからだ。この疾風も龍が吹かせているに決まってる。さあ、はやく神様に祈って、許しを乞うてください！」

大納言は「祈るよ祈るよ」と仰り、誓願の言葉を唱えるのだった。

「船乗りの神様よ、お聞きください。私は畏れ多くも龍を殺してやろうなどと思いました。なんと私は愚か者で幼稚であったことか！　お約束いたします、今後は龍の毛一筋だに動かしたてまつることはありません！」

そうして立ったり座ったり、涙ながらに神様に呼びかけること千度ばかり、その願いが聞き届けられたのであろうか、ようやくのことで雷鳴がおさまった。

（森見訳）


——おもしろいですね。「嗚呼、しょうもない主人にお仕えしたばかりに、しょうもない死に方をする！」、ここが特に森見さんらしい訳です。

『新編日本古典文学全集12』（小学館）では、全然違った現代語訳がされています。「情けない主人のおそばにお仕え申しあげて、不本意な死に方をしなければならぬようですよ」。アホな主人のせいで今にも死にそうな目に遭ってるのに、わりと冷静に語ってます。学問的には正確な訳なんですが、船頭の気持ちを考えてみると、僕のような訳になってしまう。

この場面のように、二人の登場人物が言い合っている状況は、おたがいのキャラクターを膨らませやすいです。やっぱり大納言大伴御行はひどいキャラクターなんですよね。傲慢で、人のことなんて考えてない。いざ海に出てみると、もみくちゃにされて化けの皮が剝がれるわけです。ここで大納言と船頭の立場が逆転します。大納言は船頭だけが頼みなのに、船頭は大納言のことなんて知ったこっちゃない。この二人の対比がわかりやすい場面なので、生き生きした現代語訳ができたと思います。

僕の現代語訳で「祈るよ祈るよ」としたところもそうです。原文は「よきことなり」、直訳すれば「それはよいことだ」ですね。でも嵐のなかですよ。「よきことなり」なんて悠長に言ってる場合じゃないですよね。「あなたは何もできないんだから、せめて祈るくらいしてくださいよ！」なんて船頭から言われて、大納言としては「ああもう！　わかったわかった！」という感じでしょう。いかにも情けなく、夢中になって祈りはじめる感じを出したくて、「よきことなり」を「祈るよ祈るよ」と訳しました。

船頭の性格はかなりいじっています。「流されちまうでしょうよ」とか「何もしてさしあげられませんや」とか、船頭のヤケッパチな感じが出ればいいなあと思いました。辞書的には正確な訳とは言えないですけど、そこらへんは好きにやらせてもらいました。

あと、原作者はこの海の場面に妙なリアリティを入れていますね。船に水がかぶってくる描写とか、大納言が青反吐を吐いているとか、いかにも嵐に揉(も)まれて大変だという感覚が現代語訳にも出るように努力しました。

現代語訳ワークショップ

——さて、ここで皆さんに問題です！

○　自由に訳してみましょう。
唐土(もろこし)にある火鼠の皮衣だとされる立派な衣装を見た、阿倍御主人の台詞です。

原文：「うべ、かぐや姫好(この)もしがりたまふにこそありけれ」

せっかくなので、僕の現代語訳は見ないでくださいね。学校のテストじゃないので、自由にフィーリングで考えてみてください。正解はありませんから。

阿倍御主人の台詞です。かぐや姫から火鼠の皮衣を持ってくるように言われて、それを中国に渡る人にお願いしたところ、しばらくして品物が届きました。それを見て感激した阿倍御主人が独り言のように言った台詞です。さて、何と訳しましょう？

ちなみに、阿倍御主人は素直な金持ちのぼんぼんなので、これがまさか偽物だなんて疑っておらず、本物と思い込んでいます。こんな美しい品物を欲しがるなんてさすがかぐや姫だ、という気持ちもあるわけです。

——それでは、会場から答えを集めてみましょう。

答1「うほう！　かぐや姫様もきっと気に入るに違いないぞ」
答2「うぇい！　きっとかぐや姫がお好みになること間違いなしだろうな」
答3「よしよし、これならかぐや姫も好きにならずにいられまい」
答4「ああ、かぐや姫が欲しがられるだけのことはあるな」
答5「よっしゃ！　かぐや姫も超絶お気にになるのでは」
答6「ひゃあ、コレ絶対かぐや姫も好きだよ」

皆さんが「うべ」に対していろんな解釈をしたのがわかりますね。いろんな「うべ」がそろいました。

――模範解答として、森見さんの現代語訳を見てみましょう。

森見訳：「ははーん。さすが、かぐや姫が欲しがられるだけのことはあるなあ」

辞書的には、「うべ」は「なるほど」という意味らしいです。それを知らないと難しかったかもしれないですね。現代語訳するときに「なるほど」と訳すのもさびしいので、僕は阿倍御主人だったらどう言うかを考えて、「ははーん」にしました。

原作のムラっ気

――森見さんは古典文学の翻訳が初めてだったそうですが、やってみていかがでしたか?

古典はそもそも現代の小説とは違うものなので、古文で書いてある文章を逐一そのまま現代語に訳しても、うまく流れがつながらなかったり、リズムが出にくかったりする。同じ日本語なんだけど、現代の我々が読みやすいと感じるリズムとはズレがありますね。それがすごく難しいと思ったところです。

あと、たとえば僕のような小説家が小説を書く場合、原稿をチェックする編集者の方がいろいろ突っ込んでくれます。「ここは書き足りないんじゃないですか」とか「ここの意味がわからないです」とか、「石作皇子のキャラクターが立ってないですよね」とか。そのツッコミのおかげで調整がされます。

だけど『竹取物語』にはずいぶんムラがあります。

かぐや姫の家の周りに集まった男たちの場面や、水難事故の場面は、ひじょうに力が入っている。庫持皇子が島まで旅をしたと嘘を語る場面なんてもう、『アラビアンナイト』みたいに凝ったファンタスティックな話として書き込まれています。ところが、石作皇子のエピソードは相当スカスカです。

全体的な調整があまりされていません。原作者の気の赴くままに書かれたんでしょうね。そこが現代語訳にしたときにチグハグになってくるので、できるだけ現代の小説みたいに流れよくおもしろいものにしたいと努力しました。

それにしても『竹取物語』は、どうしてこんなにシャレにこだわるんでしょうね。シャレを使っていろいろな言葉の「語源」を説明しているわけですが、そもそも神話や物語というものが、「何かの由来」を説明するために生まれてきた、ということはあるでしょう。だから昔の人は、そういう体裁の方がリアリティを感じられたのかもしれない。しかし現代語訳すると、どうも「こじつけ」みたいな印象が先にきてしまいます。そこはむずかしいところでした。

新定型ポエム

困ったのは、和歌です。かぐや姫と求婚者たちが交わす和歌がいろいろ出てきます。でも僕自身は和歌が苦手なところがありまして。なので、ラブレターに添える恥ずかしいポエムみたいなイメージで訳してみました。

かぐや姫と求婚者たちの性格や立場が反映されるように工夫しました。

もう一つの工夫は、法則をつくったことです。定型やルールがあったほうが書きやすい。僕は和歌をすべて三行に訳して、一行ごとに長くなっていくというルールを決めました。

内容を訳すのも難しかったんですけど、これも五人の求婚者たちのキャラクターに助けられましたね。それぞれの性格から和歌を解釈していきました。

自分で気に入っているのは、阿倍御主人のポエムです。

かぎりなき思ひに焼けぬ皮衣(かはごろも)袂(たもと)かわきて今日(けふ)こそは着(き)め

僕の身を焦がすアツアツの恋心にも
この火鼠の皮衣は焼けたりなんかしないのさ
君と結ばれる今日は袂を涙で濡らすこともないしね

（森見訳）

これは完全に阿倍御主人のキャラクターあっての訳です。

『竹取物語』の訳を引き受けたときに、とにかく心配したのが和歌だったんですけど、こういうかたちになりました。『堤中納言物語』を訳した中島京子さんの和歌がすごくて、五七五七七の原文を、五七五七七で現代語訳している。さすがにそんなことはできなかった。

竹と一人の男

――『竹取物語』を訳してもらうには、森見さんしか考えられませんでした。竹と森見さんには深い関係がありますよね？

この話をいただいたとき、もうやらざるをえないと思いました。僕は子どものときから竹が好きでした。家の近所に竹林があって、そこでよく遊んでいたんです。竹林って、どこか別の世界につながっていそうな佇(たたず)まいをしてるでしょう。それに惹(ひ)かれたんですよね。

大学に入って、文化人類学演習という授業がありまして、僕は実家の傍にある、茶筅をつくっている里にお邪魔しました。茶筅師さんたちに「いい竹って何ですか」とわざわざ話を訊きに行って、レポートにまとめたんです。それから大学院に進んで研究室に入ったんですけど、そこでも竹です。竹の中で働いている酵素を調べたりしました。でもこれが、おもしろくなくてですね。僕が好きなのは竹林であって、竹の分析が好きなわけじゃないと気づきました。

その後、縁あって、京都の知り合いの方から、竹林の手入れをまかせてもらえることになりました。嬉しかったですね。竹を伐って、竹林をきれいにしていく日々でした。その過程を書いたのが『美女と竹林』です。

『美女と竹林』というタイトル、この美女はやはりかぐや姫をイメージしていました。それに僕がデビューしてから今まで書いてきた小説には、片想いをして右往左往するアホな男たちが多い。『竹取物語』から千年の時がたっているとは思えないほど同じですね。

『竹取物語』はまるで僕が書いたような物語でした。

文庫版あとがき

生きていることのふしぎ

十代の頃、私は奈良にある新興住宅地で暮らしていた。

丘陵に広がる森を切り開いて造った新しい町で、裏手の坂を下っていくと、川沿いに農村が広がっていた。

一九九一年の秋、新興住宅地の端にあるフェンスを乗り越えて、未整備の荒れ地に忍びこんだことがある。空はどんよりと曇っていて、もの淋しい日だった。未舗装の小道を歩いていくと、あちこちに藪(やぶ)が生い茂り、剝(む)き出しの土が盛り上がっている。まるで住宅地の舞台裏へ入りこんだような気分だった。

荒れ地をうろうろしているうちに、ふしぎな場所に出た。

そこは下草の生えた円い空き地で、向こう半分は竹林に囲まれている。空き地の真ん中に佇(たたず)んで、ひんやりとした竹林を眺めていると、なんだか神殿の前にいるような気持ちになった。この竹林の奥へ入っていけば、ふしぎな場所へ出るにちがいない。

ワクワクしながら竹林を抜けていくと、枯れた田の広がる農村へ出た。一瞬、大昔へタイムスリップしたのかと思ったが、右手を見上げると、見慣れた新興住宅地の家々があった。ようするに私は竹林を通り抜けて、高台の住宅地から、川沿いの農村までくだってきたにすぎなかったのである。しかし、竹林を抜けるときに味わったふしぎな感覚、ぎりぎりまで異世界へ肉薄したような高揚感を、忘れることはできなかった。

『竹取物語』のおおまかな内容は子どもの頃から知っていたが、それが当時の私にどれぐらい影響を及ぼしたのか、今となってはよく分からない。影響があったとしても、ほとんど無意識的なものだったろう。きちんと『竹取物語』を読んだのは高校生になってからのことで、そのとき私はあらためて、この古い物語が、私が竹林で味わった、そのふしぎな感覚について語っていることに驚かされたのである。

これまで自分が書いてきた作品を振り返ると、あちこちに『竹取物語』が透けて見える。本書に収録されている「講義『作家と楽しむ古典』」で私は、「まるで僕が書いたような物語でした」なんてノンキなことを言っているが、そもそも因果（いんが）が逆なのだ。思春期という多感な時期、『竹取物語』は「物語というものの原型」として、私の心に深く根を下ろしてしまった。大切なことは、すべてこの物語の中にあると感じられる。

○

『竹取物語』を現代語に訳すという作業を通して、もっとも印象が変わったのは、五人の求婚者たちのエピソードである。

それまでの私は「かぐや姫原理主義者」のような人間で、『竹取物語』の魅力はかぐや姫という存在にあると一途に思いこんでおり、五人の求婚者たちのことはさほど重んじていなかった。彼らのエピソードは物語の結末に影響しないし、いくらでも入れ替え可能なのである。

しかし読んでいると、作者が腕まくりして書いていることが分かってくる。一番手の石作皇子のエピソードはいささか粗略であるにしても、その他の求婚者たちはいずれも生き生きと描かれている。作者の念頭には身近な友人など、実在のモデルがあったのだろう。「いかにしてかぐや姫の無理難題に応えるか」という悪戦苦闘のうちに、求婚者たちの個性が浮き彫りになっていく。

この物語にリアリティを与えるために、作者は細部に工夫を凝らしている。工匠たちが庫持皇子の賃金未払いを訴えて乗りこんでくるところや、火鼠の皮衣を入手した王慶が追加料金を請求してくるところなど、金銭面の描写が具体的である。大伴御行大納言が用意する新居のけばけばしい描写からは、彼の浮かれぶりや悪趣味さが伝わってくる。石上磨足のエピソードでは、「荒籠に人を乗せて綱で引っ張り上げる」というダイナミックなアクションによって、大きな柱のならぶ大炊寮がまざまざと目に浮かぶ。各エピソードの締めくくりで、必ず何らかの言葉の由来を説くというのも、当時の読者たちにリアリティを感じてもらうための工夫だろう。

しっかりとリアリティを担保したうえで、作者は大きく妄想を広げる。庫持皇子が竹取の翁に語ってきかせる蓬萊山の場面や、大伴御行大納言が嵐に巻きこまれる場面が分かりやすいところだろう。これらの場面にあらわれる絢爛さや豪快さには、どこか『千一夜物語』のような雰囲気がある。

阿倍御主人が火鼠の皮衣を買い求めるのが唐土であったり、石上麿足が手に入れようとするのが「子安貝」であったりと、ほとんどのエピソードに「海」が絡んでくるのも興味深い。作者の妄想力は「海」という異世界に向かって飛翔する。奈良という「海なし県」で育った私としては、おおいに共感するところだ。

五人の求婚者たちのエピソードを読み直して思うのは、作者（仮にひとりの人物だとして）が、この「ホラ話」を楽しみながら書いているということである。求婚者たちばかりでなく、未払い賃金を求めて押しかける工匠、傲慢な主人に不平たらたらの家来、嵐に絶望する船頭など、ちょっとした端役にも存在感があって、まるでそれらの人物たちに影響されたかのように、かぐや姫でさえ人間味を見せる。恋あり、策略あり、冒険あり、ユーモアあり。石上麿足のように失敗して死んでしまっても、「それもまた人生だ」とでも言いたげな、あっけらかんとしたところがある。ここに横溢（おういつ）しているのは、竹から生まれたかぐや姫がぐんぐん育っていくような生命力だ。これらのエピソードがなかったら、『竹取物語』は空気の抜けた風船のように萎（しぼ）んでしまうだろう。

五人の求婚者たちのエピソードをそのように読めば、『竹取物語』という物語が、相反する二つの力によって成り立っていることが分かる。それは現世をあるがままに肯定する此岸（しがん）的な力と、現世を徹底的に否定する彼岸（ひがん）的な力である。その根源的な対立は、コインの表と裏のように、かぐや姫その人の二面性に集約されている。

かぐや姫が生まれたとき、竹取の翁は光り輝く竹を見た。その光は神々しく、温かみがあって、まるで生命の輝きそのもののようである。それに対して、月に向かって昇天するかぐや姫を包む光は、静謐（せいひつ）で冷たく、まるで「死の光」のようだ。

かぐや姫という光源は、現世を生きる人々を表と裏から照らしている。

○

生きていることのふしぎさ。

それは、この世がこの世であることのふしぎさでもある。

その感覚を表現するために、私たちは異世界に想いを馳せる。彼岸によって、此岸の輪郭を、より鮮明にとらえようとする。

思春期の頃、私は竹林の向こう側に異世界の気配を感じていた。当時の私は、生きていることのふしぎさに魅入られていたのだろう。

だからこそ私は、この物語の作者を他人とは思えないのだ。

千年以上前、ひとりの人物が、十五夜の月明かりに照らされた竹林を見て、その向こう側に異世界の気配を感じた。そして、生きていることのふしぎさを、この世がこの世であることのふしぎさを、自分の手で書きあらわしてみたいと願った。その作者の願いに応えて、かぐや姫は束の間（つかのま）、地上に降り立った。

かぐや姫とは、「生きていることのふしぎさ」そのものだと私は思う。

解題

大井田晴彦

竹から生まれたかぐや姫がやがて美しく成長し、世の男たちを恋い焦がれさせ、やがて月へと還(かえ)ってゆく、『竹取物語』は素朴なおとぎ話として広く親しまれてきた。まさに国民的な古典作品である。これまでも多くの優れた作家たちの現代語訳が試みられてきたが、今回、森見登美彦版の新訳が登場した。現代の竹取の翁(おきな)、竹に特別の愛着を持つ著者ならではの訳である。本書をいっそう味読すべく、古典研究者の立場から、原典の『竹取物語』について、いささかの覚書を記す。

物語の出で来はじめのおや

　平安時代には、多くの物語が書かれ、多くの読者を楽しませた。『源氏物語』「絵合」巻の記述から、当時、どのような物語が好まれていたかが知られる。冷泉の帝の後宮では、梅壺と弘徽殿という二人の有力な女御が寵愛を競っていた。それぞれが左右に分かれて、物語絵を持ち寄り、その優劣を論評する催しがあった。梅壺方が出したのが『竹取物語』で、弘徽殿方の『うつほ物語』と番えられた。ここで「物語の出で来はじめのおやなる竹取の翁」と呼ばれており、『竹取』が最古の物語、物語の元祖であることがわかる。梅壺は、『竹取』に続いて『伊勢物語』を提出した。梅壺は光源氏の養女であり、主人公側の愛好する物語として『竹取』『伊勢』が挙げられている。両物語は『源氏』の父母のごとき存在であり、『源氏』に与えた影響は多大である。ここに詳述する余裕はないが、紫上、夕顔、玉鬘、浮舟など、『源氏』に登場するヒロインの多くがかぐや姫の面影を宿している、とだけ言っておきたい。

この物語の成立時期については諸説あるが、九世紀後半から十世紀初頭にかけての成立とみるのが穏当である。このころ、漢字をもとに仮名文字が生まれた。こまやかな日本語の表現に適した仮名文字が誕生し、普及したことが物語流行の背景にある。

作者についても、何人かの候補はあるものの不詳だが、漢詩文や仏典、和歌に広く通じた男性知識人であることは間違いない。本来、仮名で書かれた物語の地位は低く、子女の娯楽読み物という扱いであった。漢詩文の制作を本業とする学者が、手すさびに筆を執(と)った、一種の戯作(ぎさく)と考えられる。

『竹取』は作者によるオリジナルの創作では必ずしもない。『今昔(こんじやく)物語集』巻三十一にも、竹取翁の説話が見える。ここでは、求婚者は三人、難題の品々は「空に鳴る雷」「優曇華(うどんげ)」「打たぬに鳴る鼓」という常套的で平凡なものとなっており、『竹取』よりも古い段階の伝承を伝えているらしい。作者は、漢籍や仏典の深い知識を存分に駆使しつつ、自由な想像力を飛翔させて新たな難題を創造したのである。

なお、チベットの長篇昔話『金玉鳳凰』の一篇『斑竹姑娘』は『竹取』に酷似する話である。やはり竹から生まれた美しい娘に五人の男たちが求婚する話で、難題の品々もほぼ同じである（娘を見つけた若者と結ばれてハッピーエンドとなる点は異なる）。一時は『竹取』の源泉として大きな話題となったが、近年では、むしろ近代になって日本から『竹取』が移入されたものと考えられている。『竹取』は海を越えて語り継がれているのであり、人気の高さがうかがえよう。

かぐや姫

物語のヒロイン、かぐや姫は竹の中から生まれた。「三寸」ばかりの小さな姫は、わずか「三月」ほどですくすくと成長し、大人となった。善良な翁と媼が神仏に祈って授かった、いわゆる申し子は、一寸法師のように、きわめて小さな姿でこの世に現れる。竹の「節」（空洞）」は、異世界と人間界を結ぶ通路であり、桃太郎の桃や瓜子姫の瓜に相当しよう。短期間で成人したのも神秘的だが、ここには生命力に満ちた若竹のイメージがある。「なよ竹のかぐや姫」とは、しなやかな竹のように光り輝く姫、の意。その光とは、姫の絶対的な美貌の形容であり、聖なる存在の証しである。

物語の末部に至って、姫がこの世に現れた理由が明らかとなる。月でも高貴だった姫は、罪を犯したので、罰としてこの醜く汚れた人間界に降ろされたのだという。生まれ故郷から放逐された高貴な罪人がさすらい、贖罪の旅を続ける話を、貴種流離譚という。神話や昔話に広く見られる、基本的な話型である。罪を許されたかぐや姫に、月から迎えの使者が訪れた。地上へ降りてきた美しい天女が人間とかかわり、やがて天へと還ってゆく話を白鳥処女説話（天人女房譚、羽衣型とも）という。

不老不死の者たちが住む月の世界、そこは喜怒哀楽といった感情もない、絶対で完全な世界である。月には姫の実の父母もいるという。しかし姫はそんな故郷に帰りたいとも思わない。第二の故郷である人間界にとどまり、翁と嫗に孝養を尽くしたいと願うが、それは許されない。天の羽衣を身にまとった姫は、人間的な感情の一切を失い、天へと昇っていった。いったい、地上の景色は、月に還ったかぐや姫の目にはどのように映っていようか。「あはれ」の記憶がわずかでも蘇ることはあるのだろうか。

竹取の翁

この物語は、翁と姫の出逢いから語り起こされる。竹を伐っては器材を作り細々と暮らしていた翁は、いわゆる被差別民である。翁の歌「呉竹のよよの竹取野山にもさやはわびしき節をのみ見し」からも、虐げられ続けてきた、その辛い境遇がうかがえる。愚かだが善良な翁は、子を授かるよう神仏に祈願していたらしい。その甲斐あって、かぐや姫を得て裕福となり（このような話を致富長者譚という）、翁の運命は大きく上昇、好転する。ここには、卑賤の者に対する、物語のあたたかな眼差しが感じられよう。結婚を執拗に勧めては、拒絶されるが、それも姫の幸福を願う深い愛情ゆえである。宿世の力によって、二人は実の親子以上の強い絆で結ばれ、人生は豊かなものとなった。それだけに、掌中の珠である姫を喪った翁の悲嘆と絶望は、あまりに痛々しい。翁は嫗とともに、残り少ない余生を悲痛に沈みながら過ごすことになるのだろう。なお『竹取』に先立って『万葉集』巻十六にも「竹取翁」の名が見える。若き日の伊達男ぶりを自慢する翁に、最初は嘲弄していた九人の天女のような娘たちがなびく、という神仙譚的色彩の深い話だが、『竹取』との直接的な関係は見出しにくい。

求婚者たち・五人の貴公子と帝

まさに竹のように急速に美しく成長したかぐや姫に、世の多くの男たちが求婚し、結局五人の貴公子が候補に残った。彼らは壬申の乱で大海人皇子（後の天武天皇）に従った、五人の功臣とほぼ同名であり、モデルともいわれている。

姫は彼らの「心ざし（愛情）」を証し立てる物として、難題を課す。勇武や知恵をもって英雄が難題を克服し、美しい姫を得る話型を、難題求婚譚（難題婿）という。もちろん姫の所望する品々はこの世にあり得ぬ物で、当初から彼らに成功の見込みはない。「石作の皇子は心のしたくある人」「庫持の皇子は心たばかりある人」のように、あらかじめ設定された性格が極端に強調され、戯画化されている。狡猾で恥知らずの石作の皇子、吝嗇で奸智に長けた庫持の皇子、貪欲な商人に騙された愚鈍な阿倍の大臣、いかにも軍人らしく威張り散らすが実は臆病者の大伴の大納言、権力者の彼らが、いずれも失敗し、世の笑い者となって物語から退場してゆく。読者は快哉を叫ばずにはいられまい。そうした中で、最後の石上の中納言に対する扱いは、やや異なるようである。燕の子安貝を取り損ねて、落命した彼に、姫ははじめて「あはれ」という感慨を抱いた。中納言は、自らの死と引き換えに、姫の憐憫を得たのである。それまでは美しいが冷たい人形のような印象のあった姫の内面には、変化が生じつつある。

貴公子たちの失敗の後、姫に興味を抱いた帝（みかど）は、入内（じゅだい）を強要する。また翁の家に自ら出向き、強引に連れ去ろうとするが、姫が超越的な存在であるのを悟り、態度を改める。姫も帝を好（この）もしく慕うものの、住む世界を異にする二人は、決して結ばれない。かくして、二人は、折々に文通しては心を慰めあう。適度な距離を保った心と心の交流、プラトニックで一種理想的な男女の関係を築いてゆく。やがて月の迎えが来ると大軍を派遣して阻止するも、全く力及ばず姫の帰還を許してしまう。富士山頂で不死薬と手紙を焼かせた、その煙は今もなお立ち昇っているという。この煙こそ天と地を結ぶ唯一のよすがであり、帝の絶えざる愛執に他ならない。

笑いと「あはれ」

石作の皇子が「鉢」を捨てたから、厚顔無恥を「恥を捨つ」と言うようになったという。また石上の中納言が「貝」を得られなかったことから「甲斐なし」という言葉が生まれたともいう。このように、各エピソードは、いずれも駄洒落による偽りの語源譚で締めくくられる。ヤマトタケルが「あづまはや（我がいとしい妻よ）」と叫んだことにより東国をアヅマと称したとされる（『古事記』）ように、語源譚とは、ある言葉の由来を、神や英雄にちなむ神聖なものとして語る話である。そうした権威ある語源譚を、『竹取』は見事に笑いへと転換してしまう。作者の戯作精神が躍如としていよう。

　このように笑いと諧謔（かいぎゃく）が物語を一貫する基調となっている。その一方で、しみじみとした悲哀を物語が湛（たた）えているのも事実である。きわめて人間的な感情を示す「あはれ」こそが『竹取』の主題的なキーワードである。子安貝を取り損ね、ついには死去した石上の中納言の報を聞いた姫は「少しあはれ」と思ったという。精巧な玉の枝を見ても「あはれとも見で」と、無関心でいた姫だが、中納言の死によって、少しではあるものの、新たな感情が生じつつある。一人の女に夢中になり身を滅ぼすとは、考えてみれば何と愚かな振る舞いだろうか。しかし姫は、愚かで卑小な人間という存在に、不可思議な、理解しがたい魅力を抱き始めているらしい。さらに帝との交流を通じて、姫は次第に血の通った人間的な存在へと変貌してゆく。こうした人間的な感情は、昇天の時になって頂点に達する。天の羽衣をまとうと喜怒哀楽の感情はすべて消失する。それを思うと否応なく「あはれ」は高まるのである。帝への「今はとて天の羽衣着るをりぞ君をあはれと思ひいでける」という絶唱は、まもなく人間でなくなる自身への訣別の歌でもあった。

かくして物語は、姫を喪った翁や帝の悲嘆を語るが、ここで幕を閉じるわけではない。帝は不死薬と手紙を天に最も近い、「駿河の国にあるなる山」で焼却するよう命じる。「不死薬」→「不死（富士）山」という読者の予想を裏切って「士（つはもの）に富む」から「富士山」と名付けられたとする偽りの語源譚を、最後に付け加えるのである。ようやく獲得した「あはれ」の抒情を、物語は諧謔へと押し戻してしまう。漢詩文の制作を本業とする作者の、仮名で戯作を書くことへの含羞と韜晦がなせるわざであろうか。ともあれ、笑いと「あはれ」の両極を行きつ戻りつ物語は進展し、達成を示した。

神仙思想の否定・人間の肯定

庫持の皇子の偽りの漂流譚では、蓬萊（ほうらい）の様子が詳細に語られていた。蓬萊とは、古代中国で遙か東方にあるとされた島で、不老不死の仙人が住むという。秦の始皇帝や漢の武帝といった権力者たちは、使者を派遣して不死薬を求めさせた。『竹取』は、神仙思想の濃厚な作品である。月の世界の住人は、老いることも病むこともない。満ち欠けを繰り返す月には、死と再生のイメージがある。古来、日本では月に変若水（おちみず）という若返りの水があると考えられていた。中国では仙薬を飲んだ嫦娥（じょうが）という女性が月へと昇り、蛙へと変身したとする伝承がある。また月の兎の餅搗（つ）きも、仙薬を調合するのが本来の姿である。かぐや姫が贈った形見の不死薬を、ついに帝は服用せず富士山で焼却させた。もし不老不死を得たならば、姫と逢えぬ耐えがたい苦しみが永劫に続くことになる。それゆえ帝は不死薬を放棄し、人間としてやがて訪れる死を受け容れることを選ぶのである。

芥川龍之介が唐代小説を翻案した『杜子春』という有名な作品がある。地獄の鬼どもに苛まれる母への愛情ゆえに、道士の厳しい戒めを破った杜子春は仙人になり損ねる。しかし人間が人間でしかないことに、あらためて喜びを見出した彼の心は晴れやかである。神仙を否定し、人間であることに居直る姿勢は『竹取』と通ずるものがあろう。不完全で卑小な存在に過ぎぬ人間への愛情と信頼に裏打ちされた、この世の肯定こそ、『竹取物語』の主題といえよう。

（おおいだ・はるひこ／平安朝文学研究者）

本書は、二〇一六年一月に小社から刊行された『竹取物語／伊勢物語／堤中納言物語／土左日記／更級日記』（池澤夏樹＝個人編集 日本文学全集03）より、「竹取物語」を収録しました。文庫化にあたり、一部修正し、「文庫版あとがき」と「解題」を加えました。

また、二〇一七年一月に小社から刊行された『作家と楽しむ古典 古事記 日本霊異記・発心集 竹取物語 宇治拾遺物語 百人一首』より「竹取物語 僕が書いたような物語」をあわせて収録しました。

kawade bunko
古典新訳コレクション

竹取物語（たけとりものがたり）

二〇二五年 三 月二〇日 初版発行
二〇二五年 三 月三〇日 2刷発行

訳 者 森見登美彦（もりみとみひこ）
発行者 小野寺優
発行所 株式会社河出書房新社
〒一六二－八五四四
東京都新宿区東五軒町二－一三
電話〇三－三四〇四－八六一一（編集）
〇三－三四〇四－一二〇一（営業）
https://www.kawade.co.jp/

ロゴ・表紙デザイン 粟津潔
本文フォーマット 佐々木暁
本文組版 KAWADE DTP WORKS
印刷・製本 中央精版印刷株式会社

Printed in Japan ISBN978-4-309-42171-1

河出文庫 古典新訳コレクション

古事記 池澤夏樹［訳］
百人一首 小池昌代［訳］
竹取物語 森見登美彦［訳］
伊勢物語 川上弘美［訳］
源氏物語1〜8 角田光代［訳］
堤中納言物語 中島京子［訳］
土左日記 堀江敏幸［訳］
枕草子上・下 酒井順子［訳］
更級日記 江國香織［訳］
平家物語1〜4 古川日出男［訳］
日本霊異記・発心集 伊藤比呂美［訳］
宇治拾遺物語 町田康［訳］
方丈記・徒然草 高橋源一郎・内田樹［訳］
能・狂言 岡田利規［訳］
好色一代男 島田雅彦［訳］
雨月物語 円城塔［訳］
通言総籬・仕懸文庫 いとうせいこう［訳］
春色梅児誉美 島本理生［訳］
曾根崎心中 いとうせいこう［訳］
女殺油地獄 桜庭一樹［訳］
菅原伝授手習鑑 三浦しをん［訳］
義経千本桜 いしいしんじ［訳］
仮名手本忠臣蔵 松井今朝子［訳］
松尾芭蕉／おくのほそ道 松浦寿輝［選・訳］
与謝蕪村 辻原登［選］
小林一茶 長谷川櫂
近現代詩 池澤夏樹［選］
近現代短歌 穂村弘［選］
近現代俳句 小澤實［選］

＊以後続巻
＊内容は変更する場合もあります

河出文庫

源氏物語　1

角田光代〔訳〕　41997-8

日本文学最大の傑作を、小説としての魅力を余すことなく現代に甦えらせた角田源氏。輝く皇子として誕生した光源氏が、数多くの恋と波瀾に満ちた運命に動かされてゆく。「桐壺」から「末摘花」までを収録。

源氏物語　2

角田光代〔訳〕　42012-7

小説として鮮やかに甦った、角田源氏。藤壺は光源氏との不義の子を出産し、正妻・葵の上は六条御息所の生霊で命を落とす。朧月夜との情事、紫の上との契り……。「紅葉賀」から「明石」までを収録。

源氏物語　3

角田光代〔訳〕　42067-7

須磨・明石から京に戻った光源氏は勢力を取り戻し、栄華の頂点へ上ってゆく。藤壺の宮との不義の子が冷泉帝となり、明石の女君が女の子を出産し、上洛。六条院が落成する。「澪標」から「玉鬘」までを収録。

源氏物語　4

角田光代〔訳〕　42082-0

揺るぎない地位を築いた光源氏は、夕顔の忘れ形見である玉鬘を引き取ったものの、美しい玉鬘への恋慕を諦めきれずにいた。しかし思いも寄らない結末を迎えることになる。「初音」から「藤裏葉」までを収録。

源氏物語　5

角田光代〔訳〕　42098-1

栄華を極める光源氏への女三の宮の降嫁から運命が急変する。柏木と女三の宮の密通を知った光源氏は因果応報に慄く。すれ違う男女の思い、苦悩、悲しみ。「若菜（上）」から「鈴虫」までを収録。

源氏物語　6

角田光代〔訳〕　42114-8

紫の上の死後、悲しみに暮れる光源氏。やがて源氏の物語は終焉へと向かう。光源氏亡きあと宇治を舞台に、源氏ゆかりの薫と匂宮は宇治の姫君たちとの恋を競い合う。「夕霧」から「椎本」までを収録。